UN CABINET D'AMATEUR

Georges Perec est né à Paris en 1936. Son premier roman, Les Choses, *obtient en 1965 le Prix Renaudot. Il publie ensuite* Quel petit vélo à guidon chromé au fond de la cour ? *(1966) et* Un homme qui dort *(1967). Devenu membre de l'OuLiPo en 1967 (Ouvroir de Littérature Potentielle) ses travaux et ses jeux sur la langue inspireront ses romans lipogrammatiques (*La Disparition *écrit sans « e », 1969;* Les Revenentes *où le « e » est la seule voyelle, 1972), son théâtre (*L'Augmentation*), ses poèmes (*Alphabets, *1976;* La Clôture, *1978). Mais son œuvre se déploie aussi dans d'autres directions : textes autobiographiques (*La Boutique obscure, *1973;* W ou le souvenir d'enfance, *1975;* Je me souviens, *1978); interrogations sur le quotidien (*Espèces d'espaces, *1974;* Penser/Classer, *1985). Georges Perec donne une illustration de ses dons et de sa virtuosité dans la monumentale somme que représente* La Vie mode d'emploi *(Prix Médicis 1978) comme dans le récit bref et ambigu qu'est* Un cabinet d'amateur *(1979).*
Il est décédé en mars 1982.

Un cabinet d'amateur, du peintre américain d'origine allemande Heinrich Kürz, fut montré au public pour la première fois en 1913, à Pittsburgh, dans le cadre de la série de manifestations culturelles organisées par la communauté allemande de la ville à l'occasion des vingt-cinq ans de règne de l'empereur Guillaume II. A travers la description minutieuse d'un tableau et de son histoire, sont démontés les mécanismes plutôt tortueux qui conduisirent une dizaine de musées américains à s'arracher à coups de milliers de dollars quelques Poussin, Van Eyck, Corot, Delacroix, Degas, Longhi, Bonnard et autres...

DU MÊME AUTEUR

LES CHOSES (prix Renaudot 1965).
QUEL PETIT VÉLO...
UN HOMME QUI DORT.
LA DISPARITION.
LES REVENENTES.
L'AUGMENTATION.
LA BOUTIQUE OBSCURE.
W OU LE SOUVENIR D'ENFANCE.
ESPÈCES D'ESPACES.
ALPHABETS.
JE ME SOUVIENS.
LA VIE MODE D'EMPLOI (prix Médicis 1978).
MOTS CROISÉS.
PENSER/CLASSER.

Paru dans Le Livre de Poche

LA VIE MODE D'EMPLOI.

GEORGES PEREC

Un cabinet d'amateur

Histoire d'un tableau

BALLAND

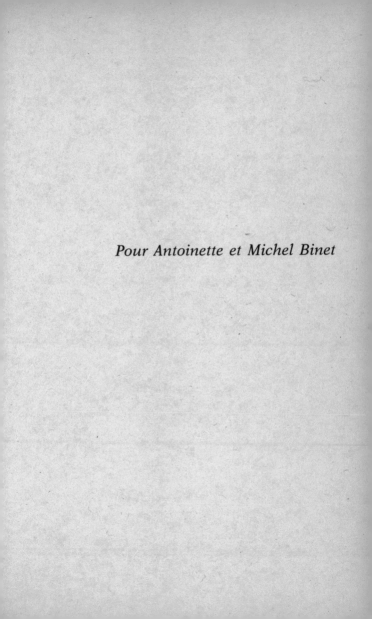

Pour Antoinette et Michel Binet

« Je vis là des toiles de la plus haute valeur, et que, pour la plupart, j'avais admirées dans les collections particulières de l'Europe et aux expositions de peinture. Les diverses écoles des maîtres anciens étaient représentées par une Madone de Raphaël, une Vierge de Léonard de Vinci, une nymphe du Corrège, une femme du Titien, une Adoration de Véronèse, une Assomption de Murillo, un portrait d'Holbein, un moine de Vélasquez, un martyr de Ribera, une kermesse de Rubens, deux paysages flamands de Teniers, trois petits tableaux de genre de Gérard Dow, de Metsu, de Paul Potter, deux toiles de Géricault et de Prud'hon, quelques marines de Backuysen et de Vernet. Parmi les œuvres de la peinture moderne, apparaissaient des tableaux signés Delacroix, Ingres, Decamps, Troyon, Meissonier, Daubigny, etc. »

JULES VERNE

Vingt mille lieues sous les mers

Un cabinet d'amateur, du peintre américain d'origine allemande Heinrich Kürz, fut montré au public pour la première fois en 1913, à Pittsburgh, Pennsylvanie, dans le cadre de la série de manifestations culturelles organisée par la communauté allemande de la ville à l'occasion des vingt-cinq ans de règne de l'empereur Guillaume II. Pendant plusieurs mois, sous les triples auspices du quotidien *Das Vaterland*, de l'Amerikanische Kunst Gesellschaft, et de la chambre de commerce germano-américaine, ballets, concerts, défilés de mannequins, semaines commerciales et gastronomiques, foires industrielles, démonstrations gymniques, expositions artistiques, pièces de théâtre, opéras, opérettes, revues à grand spectacle, conférences, grands bals et banquets se succédèrent sans interruption, offrant aux germanophiles accourus tout exprès des quatre coins du continent américain la primeur de spectacles plus ambitieux les uns que les autres, dont les trois clous furent sans conteste une intégrale en plein air du *Second Faust* (que la pluie vint malheureusement interrompre au bout de sept heures et demie), la création mondiale de l'oratorio de Manfred B. Gottlieb, *Amerika*, dont l'interprétation exigeait deux cent vingt-cinq musiciens, onze solistes et huit cents choristes, et la première à Pittsburgh de *Das Gelingen*, une opérette étourdissante spécialement importée de Munich avec ses deux célèbres créateurs, Theo Schuppen et Maritza Schellenbube.

Au milieu de ces productions colossales dont les publicités fracassantes couvraient des pages entières de magazines, l'exposition de peintures, qui se tint d'avril à octobre dans les salons de l'hôtel Bavaria, faillit bien passer inaperçue. Les journaux de Pittsburgh parlèrent beaucoup moins des tableaux et des artistes que des personnalités présentes le jour du vernissage : le sénateur Lindemann, le juge Taviello, le magnat de l'acier Kellogg O'Brien, le richissime Barry O. Fugger, propriétaire et directeur des grands magasins Fugger, et les quarante-trois membres de la délégation allemande, conduits par le docteur Ulrich Schultze, premier sous-secrétaire de la Chancellerie Impériale et envoyé extraordinaire de Sa Majesté. Quant aux critiques d'art des journaux américains de langue allemande, ils se contentèrent généralement d'aligner quelques noms d'artistes et quelques titres de tableaux, en les faisant parfois suivre de brefs commentaires passe-partout : Dans la section « Natures mortes », nous avons pu admirer *La Théière sur la table*, de

Garten, dont la palette maîtrise admirablement toutes les nuances du bleu, un *Compotier* de très haute tenue dû au pinceau robuste du regretté Sigmund Becker, et *L'Etabli*, de James Zapfen, qui semble avoir réussi à tempérer d'une secrète tendresse son réalisme un peu lourd, etc.

Dans ce contexte peu propice, l'œuvre de Kürz fut à peine mieux traitée que les autres, même si, avec le recul du temps, on peut estimer aujourd'hui qu'elle bénéficia de notations plutôt flatteuses : Anton Zweig, dans le *Chicago Tagblatt*, la décrivit comme « une œuvre étrange, edgar-poësque, qui n'a pas fini de faire couler beaucoup d'encre »; Walther Bannerträger, dans le bref billet qu'il donna au *New York Zeitung*, regretta « de ne pouvoir mentionner qu'en passant (ce) portrait d'un symbolisme subtil dont l'inspiration hautement métaphysique remet très certainement en cause beaucoup d'idées trop communément admises sur ce qu'est le Beau dans l'Art »; Christian von Muschelsohn, du *Morgenstern* de Milwaukee, y vit « une sourde exaltation des nouvelles valeurs nietzschéennes réinvestissant la totalité du monde visible et invisible »; quant à l'article du *Vaterland*, dont l'auteur, Thadeus Doppelgleisner, était un des responsables de l'exposition, il était nettement plus développé (peut-être parce que le propriétaire du tableau, Hermann Raffke, des brasseries Raffke, avait prêté plusieurs œuvres et généreusement financé l'exposition) mais se cantonnait délibérément dans le domaine des généralités et des anecdotes :

« Notre éminent concitoyen Hermann Raffke, de Lübeck, n'est pas seulement célèbre pour l'excellente qualité de la bière qu'il brasse avec succès dans nos murs depuis bientôt cinquante ans; il est aussi un amateur d'art éclairé et dynamique,

13

bien connu des cimaises et des ateliers des deux côtés de l'Océan. Au cours de ses nombreux voyages en Europe, Hermann Raffke a su rassembler avec un discernement éclectique et sûr tout un ensemble d'œuvres d'art anciennes et modernes dont maints musées du Vieux Continent se seraient volontiers parés et qui n'a pas à l'heure actuelle son équivalent dans notre jeune contrée, n'en déplaise à Messieurs Mellon, Kress, Duveen et autres Johnson. Qui plus est, Hermann Raffke a toujours eu à cœur de favoriser le développement de la peinture américaine et nombreux sont ceux qui, aujourd'hui reconnus – les Thomas Harrison, les Kitzenjammer, les Wyckoff, les Betkowski et tant d'autres – furent à leurs débuts soutenus par ce mécène bienveillant et discret. Mais c'est à l'occasion même de cette exposition qu'Hermann Raffke a su nous donner la preuve la plus éclatante de son triple attachement à la peinture, à notre ville, et à l'Allemagne, en commandant au tout jeune peintre Heinrich Kürz, dont nous sommes fiers de préciser qu'il est né à Pittsburgh de parents wurtembourgeois, le portrait qui le représente, assis dans son cabinet de collectionneur, devant ceux de ses tableaux qu'il préfère. Et il va sans dire que, parmi ceux-ci, nombreux sont ceux qui proviennent de notre beau pays, etc. »

Quelques jours seulement après le vernissage, et en dépit des pronostics plutôt pessimistes des organisateurs, l'exposition commença à connaître un succès qui ne devait plus se démentir et dont le tableau de Heinrich Kürz fut indubitablement la cause. Sans doute cette consécration de l'œuvre – et, à travers elle, de l'exposition tout entière

– lui vint-elle par le biais d'on ne sait trop quel bouche-à-oreille dont il est toujours difficile de mesurer précisément les effets, mais peut-être est-il possible de trouver un début d'explication à un tel engouement dans la longue notice anonyme publiée dans le catalogue :

« La toile représente une vaste pièce rectangulaire, sans portes ni fenêtres apparentes, dont les trois murs visibles sont entièrement couverts de tableaux. »

« Au premier plan, à gauche, à côté d'un petit guéridon garni d'un napperon de dentelle sur lequel sont posés une carafe de cristal taillé et un verre à pied, un homme est assis dans un fauteuil capitonné de cuir vert sombre, de trois quarts dos par rapport au spectateur. C'est un vieil homme à l'abondante chevelure blanche, au nez mince chaussé de lunettes à montures d'acier. On devine plus que l'on ne voit vraiment les traits de son visage, sa pommette striée de couperose, sa moustache épaisse débordant largement de sa lèvre supérieure, son menton osseux et volontaire. Il est vêtu d'un peignoir gris dont le col châle s'agrémente d'un fin liséré rouge. Un gros chien roux à poil ras, partiellement masqué par le bras du fauteuil et par le guéridon, est couché à ses pieds, apparemment endormi. »

« Plus de cent tableaux sont rassemblés sur cette seule toile, reproduits avec une fidélité et une méticulosité telles qu'il nous serait tout à fait possible de les décrire tous avec précision. La seule énumération des titres et des auteurs serait non seulement fastidieuse mais dépasserait largement le cadre de cette notice. Qu'il nous suffise de dire que tous les genres et toutes les écoles de l'art européen et de la jeune peinture américaine sont ici admirablement représentés, les sujets religieux aussi bien que les scènes de genre, les portraits comme les natures mortes, les paysages, les marines, etc., et laissons aux visiteurs le plaisir de découvrir, de reconnaître, d'identifier le Longhi ou le Delacroix, le Della Notte ou le Vernet, le Holbein ou le Mattei, et autres chefs-d'œuvre dignes des plus grands musées européens que l'amateur Raffke, intelligemment conseillé par d'éminents experts, a su découvrir lors de ses voyages. »

« Pourtant, sans entrer davantage dans les détails, nous voudrions attirer l'attention du visiteur sur trois œuvres qui, nous semble-t-il, rendent compte autant du bonheur dont Raffke a fait preuve dans ses choix que du talent avec lequel Heinrich Kürz a su nous les faire voir. »

« La première, sur le mur de gauche, au-dessus de la tête du collectionneur, est une *Visitation* que, pour notre part, nous attribuerions volontiers à un Pâris Bordone, un Lorenzo Lotto ou un Sebastiano del Piombo : au centre d'une petite place bordée de hautes colonnes entre lesquelles sont tendues des draperies richement brodées, la Vierge, vêtue d'une robe vert sombre que recouvre amplement un long voile rouge, s'agenouille devant sainte Elisabeth qui est venue au-devant d'elle, vieille et à demi chancelante, soutenue par deux servantes. Au premier plan, à droite, se tiennent trois vieillards entièrement vêtus de noir; deux sont debout, se faisant presque face; le premier présente devant lui une feuille de parchemin à moitié déroulée sur laquelle est dessiné d'un mince trait bleu le plan d'une ville fortifiée que le second désigne d'un doigt décharné; le troisième est assis sur un tabouret en bois doré, à pieds croisés, recouvert d'un coussin vert; il tourne presque complètement le dos à ses compagnons et semble regarder le fond de la scène : une vaste esplanade où attend l'escorte de Marie : une litière fermée par des rideaux de cuir, portée par deux chevaux blancs que deux pages, vêtus de livrées rouges et grises, tiennent par la bride, et un chevalier en armure dont la lance s'orne d'une longue banderole d'or. A l'horizon se découvre un paysage de collines et de bosquets avec, dans le lointain, les tours brumeuses d'une ville. »

« Le second tableau est accroché sur le mur de droite. C'est une petite nature morte de Chardin intitulée *Les Apprêts du déjeuner* : sur une table de pierre, parmi divers ustensiles d'office et de cuisine, un mortier, une louche, une écumoire, sont disposés un jambon entouré d'un linge blanc, une écuelle emplie de lait, une jatte contenant des pêches de vigne, et une large tranche de saumon posée sur une assiette renversée. Au-dessus, un canard mort est suspendu au mur par une fine cordelette passée dans sa patte droite. Rarement, nous semble-t-il, la fraîcheur, la simplicité et le naturel de Chardin nous ont été montrés avec un tel bonheur, et l'on pourra se demander longtemps ce qu'il faut ici admirer le plus, du génie du peintre français, ou de l'impeccable

" rendu " que Kürz a réussi à en faire. »

« Enfin il nous semblerait dommage d'évoquer cet unique rassemblement d'œuvres d'art sans dire un mot d'un tableau disposé, non sur l'un des murs, mais sur un chevalet placé dans le coin droit du cabinet. Il s'agit du *Portrait de Bronco McGinnis*, cet homme qui se prétendit " l'Homme le plus tatoué du monde " et s'exhiba comme tel à l'Exposition Internationale de Chicago (après sa mort, en 1902, on apprit que c'était un Breton nommé Le Marech' et que seuls les tatouages de sa poitrine étaient authentiques). Le portrait est l'œuvre d'un de nos compatriotes, Adolphus Kleidröst, dont la carrière, commencée à Cologne, s'est brillamment poursuivie à Cleveland. Il figure de ce fait dans notre exposition (cf. n° 95), ainsi que plusieurs autres œuvres de l'école germano-américaine appartenant à la collection de Hermann Raffke et prêtées par lui en même temps que celle-ci. Nombreux seront sans doute les visiteurs qui tiendront à comparer les œuvres originales et les si scrupuleuses réductions qu'en a données Heinrich Kürz. Et c'est là qu'ils auront une merveilleuse surprise : car le peintre a mis son tableau dans le tableau, et le collectionneur assis dans son cabinet voit sur le mur du fond, dans l'axe de son regard, le tableau qui le représente en train de regarder sa collection de tableaux, et tous ces tableaux à nouveau reproduits, et ainsi de suite sans rien perdre de leur précision dans la première, dans la seconde, dans la troisième réflexion, jusqu'à n'être plus sur la toile que d'infimes traces de pinceaux : *Un cabinet d'amateur* n'est pas seulement la représentation anecdotique d'un musée particulier; par le jeu de ces reflets successifs, par le charme quasi magique qu'opèrent ces répétitions de plus en plus minuscules, c'est une œuvre qui bascule dans un univers proprement onirique où son pouvoir de séduction s'amplifie jusqu'à l'infini, et où la précision exacerbée de la matière picturale, loin d'être sa propre fin, débouche tout à coup sur la Spiritualité vertigineuse de l'Eternel Retour. »

Dès la deuxième semaine, la salle où était accroché le tableau d'Heinrich Kürz connaissait une affluence telle que les organisateurs se virent contraints de ne laisser entrer que vingt-cinq visiteurs à la fois et de les faire sortir au bout d'un quart d'heure. Par un raffinement supplémentaire, la pièce avait été aménagée de façon à reconstituer le plus fidèlement possible le cabinet de Hermann Raffke. *Un cabinet d'amateur* en occupait tout le mur du fond et le *Portrait de Bronco McGinnis* était posé sur son chevalet dans le coin droit; les seules autres œuvres exposées dans la salle étaient celles qui provenaient également de la collection de Raffke et elles étaient disposées sur les murs à des emplacements correspondant à ceux qu'elles occupaient sur le tableau de Kürz.

Personne ne sembla jamais se lasser de comparer les originaux et les réductions de plus en plus petites d'Heinrich Kürz. Très vite on s'amusa à calculer que le format de la toile était d'un peu moins de trois mètres sur un peu plus de deux, que le premier « tableau dans le tableau » avait encore près d'un mètre de long sur soixante-dix centimètres de haut, que le troisième ne faisait plus que onze centimètres sur huit, que le cinquième n'avait même pas le format d'un timbre-poste, et que le sixième faisait à peine cinq millimètres sur trois. Et le lendemain du jour où un quidam, qui s'était muni d'une loupe de bijoutier et s'était fait faire la courte échelle par deux compères, affirma qu'on y distinguait très précisément l'homme assis, le chevalet avec le portrait de l'homme tatoué, et encore une fois le tableau avec encore une fois l'homme assis et encore une dernière fois le tableau devenu un mince trait d'un demi-milli-mètre de long, plusieurs dizaines de visiteurs arrivèrent avec toutes sortes de loupes et de compte-fils, inaugurant une mode qui, pendant plusieurs mois, fit la fortune de tous les marchands d'optique de la ville.

Le jeu favori de ces observateurs maniaques, qui revenaient plusieurs fois par jour examiner systématiquement chaque centimètre carré du tableau, et qui déployaient des trésors d'ingéniosité (ou d'audacieuse acrobatie) pour tenter d'aller mieux regarder les parties supé-rieures de la toile, était de découvrir les différences existant entre les diverses versions de chacune des œuvres repré-sentées, au niveau du moins de leurs trois premières répétitions, la plupart des détails cessant évidemment ensuite d'être distinctement discernables. L'on aurait pu penser que le peintre avait eu à cœur d'exécuter chaque fois des copies aussi fidèles que possible et que les seules modifications perceptibles lui avaient été imposées par les limites mêmes de sa technique picturale. Mais l'on ne tarda pas à s'apercevoir qu'il s'était au contraire astreint à ne jamais recopier strictement ses modèles, et qu'il semblait avoir pris un malin plaisir à y introduire à chaque fois une variation minuscule : d'une copie à l'autre, des personnages, des détails, disparaissaient, ou changeaient de place, ou étaient remplacés par d'autres : la théière du tableau de Garten devenait une cafetière d'émail bleu; un champion de boxe, encore vaillant dans la première copie, recevait un terrible uppercut dans la seconde, et était au tapis dans la troisième; des masques de carnaval (*Une fête au Palais Quarli*, de Longhi) emplissaient une piazzetta d'abord déserte; une femme voilée, un petit âne, un dromadaire, disparaissaient l'un après l'autre d'un paysage du Maroc; un tableau représentant des *Eskimos descendant le fleuve Hamilton*, de Schönbraun, était successivement remplacé par *Les Pêcheurs de perles*, de Dietrich Hermannstahl, puis par le *Portrait de la jeune mariée*, de R. Mutt; un berger rentrant ses moutons (*La Leçon de peinture*, école hollandaise) en aurait compté une dizaine sur la première copie, une vingtaine sur la seconde, et plus aucun sur la troisième; un joueur de luth devenait joueur de flûte (*Scène de cabaret*, Ecole flamande); trois hommes sur une petite route de campagne passaient d'un embonpoint frisant l'obésité à une sveltesse presque inquiétante, etc.

Ces modifications impondérables et imprévisibles qui affectaient le plus souvent des détails infimes – la plume un peu délabrée d'un chapeau, deux rangs de perles au lieu de trois, la couleur d'un ruban, la forme d'une écuelle, la poignée d'une épée, le dessin d'un lustre – excitaient au plus haut point la curiosité des visiteurs qui s'efforçaient tout aussi vainement d'en faire un dénombrement précis que d'en comprendre la justification originelle. En dépit des règles très strictes imposées par les organisateurs pour tenter de régulariser un peu le temps des visites, des groupes de plus en plus compacts pourvus de laisser-passer et de coupe-file de toutes sortes forçaient la vigilance des gardiens et restaient collés le nez au tableau pendant des heures entières, prenant fiévreusement des notes et refaisant dix fois les mêmes calculs imprécis. Plus la fin de l'exposition approchait, et plus il devenait difficile de les faire bouger d'un pouce, et bientôt des altercations et des rixes éclatèrent, tant et si bien que le soir du 24 octobre, à moins d'une semaine de la fermeture, l'inévitable finit par se produire : un visiteur exaspéré qui avait attendu toute la journée sans pouvoir entrer dans la salle, y fit soudain irruption et projeta contre le tableau le contenu d'une grosse bouteille d'encre de Chine, réussissant à prendre la fuite avant de se faire lyncher.

Le lendemain matin la salle était vide. Un placard apposé à l'emplacement du tableau expliquait qu'à la demande expresse de Monsieur Hermann Raffke, *Un cabinet d'amateur* et toutes les autres toiles de sa collection avaient été retirées de l'exposition.

Quelques semaines après cet incident que la presse unanime qualifia de grotesque mais qui assombrit considérablement les derniers jours de l'exposition (la plupart des artistes retirèrent leurs toiles en signe de solidarité pour le « collectionneur et l'artiste bafoués » et la cérémonie de remise des prix dut être annulée), une longue étude concernant le tableau de Kürz parut dans une revue d'esthétique passablement confidentielle, le *Bulletin of the Ohio School of Arts*. L'auteur, un certain Lester K. Nowak, intitulait son article « Art and Reflection ». « Toute œuvre est le miroir d'une autre », avançait-il dans son préambule : un nombre considérable de tableaux, sinon tous, ne prennent leur signification véritable qu'en fonction d'œuvres antérieures qui y sont, soit simplement reproduites, intégralement ou partiellement, soit, d'une manière beaucoup plus allusive, encryptées. Dans cette perspective, il convenait d'accorder une attention particulière à ce type de peintures que l'on appelait communément les « cabinets d'amateur » (*Kunstkammer*) et dont la tradition, née à Anvers à la fin du XVIᵉ siècle, se perpétua sans défaillance à travers les principales écoles européennes jusque vers le milieu du XIXᵉ siècle. Concurremment à la notion même de musée et, bien entendu, de tableau comme valeur marchande, le principe initial des « cabinets d'amateur » fondait l'acte de peindre sur une « dynamique réflexive » puisant ses forces dans la peinture d'autrui.

A l'appui de sa théorie, plutôt pesamment énoncée dans les six pages de son introduction, l'auteur décrivait alors quelques-uns des plus célèbres « cabinets d'amateur » : *Le Christ chez Marthe et Marie*, d'Abel Grimmer, où se voit une *Tour de Babel* de Pierre Bruegel l'Ancien, les séries dites « des cinq sens », de Jean Bruegel de Velours, où l'on trouve des Rubens, des Van Noort, des Snyders, des Seghers et des Bruegel de Velours; les innombrables cabinets de la dynastie des Francken, où sont représentées toutes les spécialités des peintres anversois, les intérieurs d'église de Peter Neefs, les paysages alpestres de Josse de Momper, les incendies de Mostaert, les marines d'Adam Willaerts, les bouquets de Bruegel de Velours, les scènes de cabaret de Brouwer, les natures mortes de Snyders, les trophées de chasse de Jan Fyt; etc.; *Le Cabinet d'amateur de Cornelis van der Geest lors de la visite des Archiducs Albert et Isabelle*, de Guillaume Van Haecht, où, parmi les personnages, se trouvent le roi de Pologne Ladislas Sigismond, et le bourgmestre Nicolas Rockox, et Rubens, et Van Dyck, Pierre Stevens, Jean Wildens, François Synders et Guillaume Van Haecht lui-même, jeune homme à la figure mélancolique en train de gravir les quelques marches conduisant à la galerie du mécène dont il a reproduit une quarantaine de tableaux parmi lesquels une *Femme à sa toilette*, de Jean Van Eyck, aujourd'hui disparue; la série des *Galeries archiducales de Léopold-Guillaume*, par David Teniers le Jeune, dont la plupart des tableaux sont aujourd'hui à Vienne; les *Galeries de peinture* de Gian Paolo Pannini, *L'Enseigne de Gersaint*, où Watteau, conscient que ce tableau serait son « testament artistique », a choisi de reproduire les œuvres qu'il admirait le plus; *Le Collectionneur Jan Gildemeester dans sa galerie de tableaux*, d'Adrien de Lelie, etc.

Lester Nowak entreprenait ensuite une analyse détaillée du tableau de Heinrich Kürz, montrant comment le jeune peintre avait, pour répondre à la commande particulière de Hermann Raffke, élaboré une œuvre qui était en elle-même une véritable « histoire de la peinture », « de Pisanello à Turner, de Cranach à Corot, de Rubens à Cézanne; comment il avait opposé à cette continuité de la tradition européenne son propre itinéraire en faisant figurer sur la toile diverses œuvres de l'école américaine (et germano-américaine) dont il était directement issu; et comment, enfin et surtout, il avait doublement signifié l'importance esthétique de cette démarche réflexive sur sa situation de peintre, d'une part, en représentant au centre de la toile ce tableau même qu'on lui avait commandé (comme si Hermann Raffke, regardant sa collection, y voyait le tableau le représentant en train de regarder sa collection, ou plutôt comme si lui, Heinrich Kürz, peignant un tableau représentant une collection de tableaux, y voyait le tableau qu'il était en train de peindre, à la fois fin et commencement, tableau dans le tableau et tableau du tableau), « travail de miroir à l'infini où, comme dans les *Ménines* ou dans l'*Auto-portrait* de Rigaud conservé au musée de Perpignan, regardé et regardant ne cessent de s'affronter et de se confondre »; et d'autre part, en incorporant à l'intérieur de ces reflets au deuxième, au troisième, aux énièmes degrés, deux autres de ses propres tableaux, l'un, œuvre de jeunesse, que Raffke lui avait acheté quelques années auparavant, l'autre un travail depuis longtemps en projet mais encore à l'état d'ébauche, et dont la « reproduction fictive » était « en tout petit » comme « l'anticipation de son aboutissement futur ».

Beaucoup plus que la seule habileté technique du peintre, c'était cette mise en perspective, non seulement spatiale, mais temporelle, qui avait suscité la fascination presque morbide dont cette œuvre avait été l'objet. Car, concluait Lester Nowak, il ne fallait pas s'y tromper : cette œuvre était une image de la mort de l'art, une réflexion spéculaire sur ce monde condamné à la répétition infinie de ses propres modèles. Et ces variations minuscules de copie à copie, qui avaient tant exacerbé les visiteurs, étaient peut-être l'expression ultime de la mélancolie de l'artiste : comme si, peignant la propre histoire de ses œuvres à travers l'histoire des œuvres des autres, il avait pu, un instant, faire semblant de troubler « l'ordre établi » de l'art, et retrouver l'invention au-delà de l'énumération, le jaillissement au-delà de la citation, la liberté au-delà de la mémoire. Et peut-être n'y avait-il rien de plus poignant et de plus risible dans cette œuvre que le portrait de cet homme monstrueusement tatoué, ce corps peint qui semblait monter la garde devant chaque ressassement du tableau : homme devenu peinture sous le regard du collectionneur, symbole nostalgique et dérisoire, ironique et désabusé de ce « créateur » dépossédé du droit de peindre, désormais voué à regarder et à offrir en spectacle la seule prouesse d'une surface intégralement peinte.

Le matin du jeudi 2 avril 1914, Hermann Raffke fut trouvé mort. Ses obsèques eurent lieu huit jours plus tard selon un protocole qu'il avait très précisément décrit dans son testament et qui prolonge d'une façon quelque peu macabre certaines des analyses de Lester Nowak. Son corps, naturalisé par le meilleur taxidermiste de l'époque, que l'on fit venir tout exprès du Mexique, fut revêtu de la robe de chambre grise à liséré rouge qu'il portait sur le tableau de Kürz, et installé dans le même fauteuil que celui dans lequel il avait pris la pose. Fauteuil et cadavre furent alors descendus dans un caveau qui reproduisait fidèlement, mais à une échelle sensiblement réduite, la pièce où Raffke avait accroché les toiles qu'il préférait. Le grand tableau de Heinrich Kürz en occupait tout le mur du fond. Le mort fut placé en face du tableau dans une position très exactement semblable à celle qu'il y occupait. A la droite du tableau, à l'emplacement correspondant au *Portrait de Bronco McGinnis*, on disposa sur un chevalet un portrait en pied représentant Hermann Raffke lui-même, un portrait exécuté une quarantaine d'années auparavant, alors que le brasseur séjournait en Egypte, et qui le montrait sur fond d'oasis, vêtu d'un costume de flanelle impeccablement blanc, les mollets pris dans des guêtres de toile grise, et coiffé d'un casque colonial. Puis le caveau fut scellé.

La première Vente Raffke eut lieu quelques mois après la mort du collectionneur à la galerie Sudelwerk de Pittsburgh. Les amateurs y vinrent en foule, impatients de voir en vrai des œuvres dont, à l'exception des quelques toiles germano-américaines également présentes à l'exposition, ils ne connaissaient que les copies minutieuses du *Cabinet d'amateur* d'Heinrich Kürz. Mais leur déception fut immédiate : aucune des toiles reproduites dans le tableau de Kürz ne figurait au catalogue de la vente. La plupart des œuvres présentées appartenaient à l'école américaine, et bien qu'elles fussent toutes de bonne qualité par rapport à ce que l'on trouvait habituellement sur le marché, elles ne suscitèrent que très médiocrement l'enthousiasme des acheteurs, manifestement trop habitués à ce genre de peintures et décidément frustrés de ne pas avoir à se disputer âprement tel ou tel chef-d'œuvre d'un maître ancien. Sur les deux cent seize numéros inscrits au catalogue, huit seulement dépassèrent mille dollars. Cinq d'entre eux étaient des tableaux américains :

N° 35 : *Sous-officiers pendant la guerre de Sécession*, de Daisy Burroughs; le prix relativement élevé (1 250 $) payé pour cette toile d'un naturalisme assez fade s'explique sans doute par le petit nombre d'œuvres laissé par ce peintre, une des rares femmes à avoir voulu songer embrasser la carrière de peintre d'histoire. Née en 1840, élève de Henry Stringbean de 1856 à 1861, elle se trouvait en 1865 à Richmond qui était alors assiégée par les troupes du général Grant. Elle fut tuée par la chute d'une cheminée, lors d'un ouragan, dans la nuit du 19 au 20 mars.

N° 62 : *Puits de pétrole près de Forel's Fields*, de Russell Johnson; un tableau tout à fait conventionnel, mais dont le thème attirait toujours une clientèle nombreuse. Celui-ci fut acheté 1 175 $ pour le compte d'un vice-président de l'Amoco Motor Oil Company.

N° 72 : *Indigènes aux Iles Salomon*, de Thomas Corbett. Attaché à la mission ethnographique des frères Squirrel, Thomas Corbett rapporta des îles

Salomon une cinquantaine de dessins et d'aquarelles dont il se servit ensuite pour composer une série de douze grands tableaux qu'il offrit à la Fondation Flora Vierkoffer, laquelle avait généreusement financé l'expédition; dans l'incendie qui ravagea la Fondation en 1896, onze de ces tableaux furent entièrement détruits; le douzième, fortement endommagé, passa dans la collection de Hermann Raffke dans des conditions qui ne furent jamais précisément explicitées; ces circonstances permettent sans doute de comprendre pourquoi cette œuvre d'une facture malhabile et compassée trouva preneur au prix tout à fait injustifié de 7 200 $.

N° 73 : *Charles M. Murphy s'attaquant au record du mile le 30 juin 1899,* par Bernie Bickford. Né à Buffalo où son père exerçait la profession de graveur, Bernie Bickford se signala par son extrême précocité; il avait seulement seize ans lorsqu'il peignit ce tableau. A l'époque de la vente, il était en Europe où il travaillait dans l'atelier de Bonnat. Des années plus tard, sur le paquebot qui le ramenait aux Etats-Unis, il fit la rencontre d'un gangster notoire, Angelo Merisi, qui le prit sous sa protection, et il ne tarda pas à devenir le portraitiste attitré de la pègre new-yorkaise. Deux de ses portraits rarissimes peuvent se voir aujourd'hui au Police Academy Museum de Brooklyn : celui de Bunny Salvatori et d'un des lieutenants d'Al Capone, Silvano Fiorentini.

N° 76 : *La Squaw*, de Walker Greentale. Des quelque vingt-cinq œuvres traitant de sujets indiens dans la collection de Hermann Raffke, celle-ci était la seule à présenter une réelle valeur artistique. Mise en vente à 300 dollars, elle atteignit très rapidement 1 200 dollars, confirmant la cote fortement en hausse du peintre. Le tableau représentait une jeune veuve indienne assise au pied du mât de guerre où sont suspendus les trophées de son époux, et n'était pas sans offrir plusieurs ressemblances avec la célèbre toile de Joseph Wright of Derby sur le même sujet.

Les trois autres œuvres étaient les seules à provenir d'Europe et elles furent l'objet d'enchères beaucoup plus animées.

La première – le n° 8 du catalogue – était plus une curiosité qu'une œuvre d'art. C'était un paysage à manivelle, qui sans doute avait été peint en vue de servir de toile de fond à un théâtre de marionnettes. Il se présentait comme un châssis de bois rectangulaire, d'environ soixante-cinq centimètres sur quarante, muni de chaque côté de tambours sur lesquels s'enroulait la toile peinte.

D'abord on se trouvait sur le bord d'un canal bordé de peupliers, on lon-

geait une écluse, des péniches chargées
de gravillon, des files de pêcheurs, puis
l'on s'enfonçait dans une forêt plantée
d'arbres sombres au milieu desquels on
découvrait une cabane en rondins, puis
l'on débouchait sur un chemin qui, petit
à petit, se transformait en une rue de
grande ville, avec des immeubles de
plusieurs étages et des magasins de
faïence et de carrelages; puis les mai-
sons s'espaçaient, le ciel s'éclaircissait,
et la rue devenait une petite route dans
un pays chaud, non loin d'une oasis où
un Arabe coiffé d'un grand chapeau de
paille trottinait sur son âne et d'un for-
tin où un détachement de spahis présentait les armes; puis c'était la mer, et au
terme d'une courte traversée, on arri-
vait dans un grand port, on suivait des
quais noyés de brume avant de se
retrouver dans un petit café triste et
froid.

Une étroite bande blanche interrom-
pait alors la continuité du dessin, sans
doute pour signaler un changement

d'acte. La nouvelle série de décors commençait par un atelier de menuisier au mur couvert de scies et de limes, puis l'on passait dans la cabine luxueusement aménagée d'un magnifique bateau de plaisance, et sur le pont, d'où se découvrait un panorama merveilleux : une nuit d'été parfaitement lumineuse, avec un ciel resplendissant d'étoiles et une ville brillamment illuminée qui scintillait à l'horizon; puis la ville s'estompait dans le lointain, la nuit blanchissait, et l'on se retrouvait sur une lande aride qui bientôt laissait place à un cimetière désolé.

De nouveau, il y avait une interruption dans le paysage, puis venait la dernière série de décors : une chambre presque sans meubles, puis un salon avec une table ronde et un buffet sculpté, la terrasse d'un café dans un pays musulman avec des serveurs portant des fez et de courts gilets rouges brodés d'or, l'intérieur d'un café parisien, et enfin un grand jardin public au bas des Champs-Elysées, avec des nurses anglaises et des nounous alsaciennes, des élégantes en calèche, un petit théâtre de marionnettes, et un manège à la tente orange et bleue, avec des chevaux aux crinières stylisées et deux nacelles décorées d'un grand soleil orange.

La notice du catalogue précisait que ce panorama miniature avait été trouvé en France, chez un brocanteur du quartier de Belleville à Paris, par Hermann Raffke lui-même. Le collectionneur avait surtout été séduit par le caractère quelque peu énigmatique des décors représentés, et il avait fait faire de longues recherches pour tenter de savoir à quel mélodrame ils se référaient. L'hypothèse la plus vraisemblable avait été qu'il s'agissait d'une série de décors pour une de ces longues « charades animées » qui faisaient fureur dans les salons parisiens aux alentours des années 1880. Mais personne ne fut en mesure de le renseigner plus précisément.

La mise à prix exigée par les héritiers Raffke – 2 500 dollars – fit sursauter la salle : en dépit de la qualité du dessin et de la finesse des coloris, le travail n'était pas signé, appartenait davantage au monde des jouets ou, à la rigueur, des bibelots, qu'au monde de l'art, et n'offrait pratiquement aucune valeur marchande. Mais sans doute le charme étrange et presque inquiétant que l'œuvre dégageait et qui avait d'emblée attiré Hermann Raffke, finit-il par agir sur les acheteurs, car après être descendues jusqu'à 400 $, les enchères amorcèrent une remontée en flèche pour ne s'arrêter qu'à 6 000 $.

Le second tableau européen était une œuvre de Hogarth intitulée *The Upside-down Manor (Le Manoir à l'envers)* (Nº 83 du catalogue). Le peintre y reprenait un thème qu'il avait plusieurs fois abordé dans sa série de gravures dites « didactiques » où il entendait démontrer comment une perspective légèrement faussée peut suffire à entraîner des illusions aberrantes : un palefrenier donnant à manger à un cheval situé très loin de lui, par exemple, ou un personnage au balcon d'un premier étage serrant la main à un autre personnage qui se trouve au rez-de-chaussée, etc. Ici, c'était dans la grande salle d'un château aux allures gothiques que de tels phénomènes se produisaient : un laquais allumait un chandelier posé presque à l'autre bout de la pièce, un autre versait à boire à un gentilhomme assis très au-dessus de lui, une femme au haut d'un escalier donnait sa main à baiser à un homme qui se tenait au bas des marches.

Le prestige de la signature et la curiosité du sujet valaient sans doute ici mieux que la peinture elle-même, plutôt malhabile dans son dessin, incertaine dans ses effets, terne dans ses couleurs, et dans un piètre état de conservation. En fait, elle faisait davantage penser à une amusante enseigne d'auberge qu'à une œuvre de maître. Mais cela ne l'empêcha pas de franchir allégrement le cap des 10 000 $.

Le troisième tableau (n° 93) n'avait d'européen que son auteur. C'était un *Paysage du Tennessee* peint par le Français Auguste Hervieu lors du séjour que ce jeune peintre fit aux Etats-Unis entre 1827 et 1831. Né à Paris en 1794, mais élevé en Angleterre où il avait travaillé sous la direction de Sir Thomas Lawrence, Auguste Hervieu accompagna Mrs Frances Trollope, la mère du célèbre romancier, lorsque celle-ci tenta d'aller faire fortune en Amérique. Hervieu fut pendant quelque temps professeur de dessin dans une colonie utopiste qu'une amie de Mrs Trollope, Mrs Wright, avait fondée à Nashoba, près de Memphis, et c'est de cette époque que datait la toile de la collection Raffke. Il s'installa un peu plus tard à

Cincinnati avant de regagner la France, où tout porte à croire qu'il abandonna la peinture. A l'époque de la première Vente Raffke, l'ensemble de la production connue d'Auguste Hervieu se limitait à une trentaine de lithographies (qui avaient servi à illustrer le pamphlet de Frances Trollope, *Domestic Manners of the Americans*), onze aquarelles, trois carnets de croquis et quatre toiles. Une demi-douzaine de collectionneurs fanatiques se les disputaient avec férocité et ce paysage aimable, mais un peu mièvre qui, selon les experts, ne méritait pas plus de 5 ou 600 $, atteignit le prix record de 7 500 $ au terme d'une lutte acharnée entre Stephen Siriel, l'agent de la vedette de cinéma Anastasia Swanson, alors au faîte de sa gloire, et l'industriel C. B. Mac Farlane, président-directeur général de la Compagnie ferroviaire de l'Altiplano.

Il est difficile de savoir quelles étaient précisément les intentions des héritiers Raffke à l'issue de cette première vente. Un bristol qu'ils firent distribuer le soir de la dernière journée annonçait une deuxième vente consacrée en majorité à des œuvres anciennes d'origine européenne, dès qu'auraient été résolus les multiples et complexes problèmes posés par l'établissement du catalogue, dont une première rédaction avait été confiée à MM. William Fleish, professeur d'histoire de l'art au Carson College de New York, et Gregory Feuerabends, commissaire-expert de Parke and Bennett et conseiller aux achats du musée des beaux-arts de Philadelphie.

En fait, plusieurs années se passèrent; la Première Guerre mondiale éclata, et peut-être les héritiers Raffke jugèrent-ils opportun de ne pas trop faire parler d'eux alors que l'opinion américaine avait plutôt tendance à manifester des sentiments anti-allemands, particulièrement dans les villes où les minorités d'origine germanique étaient fortes et organisées. Après l'explosion du dépôt de munitions de Black Tom Island, en 1916, que l'on attribua à des espions allemands, il y eut ainsi des manifestations de rues à Cleveland, à Milwaukee, à Chicago et à Pittsburgh, et, dans cette dernière ville, quelques vitres des Brasseries Raffke furent brisées; et lorsque les Etats-Unis entrèrent dans la guerre, mille huit cents ressortissants allemands soupçonnés d'activités pangermanistes furent emprisonnés à Ellis Island; parmi eux se trouvait le rédacteur en chef adjoint du *Vaterland* de Pittsburgh. Tout ce qui, de près ou de loin, aurait pu rappeler les grandes festivités germanophiles de 1913 n'aurait alors fait que susciter l'hostilité des populations, voire même des pouvoirs publics.

Ce n'est qu'en 1924 que la seconde Vente Raffke eut lieu. Entre-temps, les héritiers Raffke, qui avaient eu l'intelligence de prévoir l'amendement Volstead, avaient transféré leur brasserie au Canada. Entre-temps aussi étaient parus deux ouvrages qui apportaient sur la collection du brasseur un nombre considérable d'informations nouvelles dont certaines constituaient même, en tout cas dans le monde de la peinture et du marché de la peinture, de véritables révolutions.

Le premier livre, qui fut publié en 1921 par la maison Moffat and Yard de New York, était une autobiographie de Hermann Raffke rédigée par deux de ses fils à partir de notes et carnets découverts après sa mort. Dans un style assez souvent pompeux et ampoulé, le brasseur commençait par évoquer les maigres souvenirs qu'il avait gardés de sa ville natale, Travenmunde, une petite bourgade près de Lübeck, où son père exerçait la profession de marchand de chevaux. Il racontait ensuite comment, placé à douze ans en apprentissage chez un tonnelier de Hambourg dont l'atelier donnait sur le port, il passait des heures à rêver devant les grands voiliers venus des cinq parties du monde, chargés de bois précieux, de soieries, de denrées étranges. A seize ans, il s'embarqua comme charpentier sur un baleinier danois, le *Philoctète*, qui fit naufrage au large de l'Islande et, recueilli par des pêcheurs de Terre-Neuve, il finit par arriver à Portland, dans l'Etat du Maine, où il fut embauché pour aller travailler sur les Grands Lacs. Dès lors sa vie fut celle d'un classique self-made man : d'abord serveur sur un bateau à aubes du lac Michigan à un dollar et demi la semaine, il devint ensuite tenancier d'une buvette aux chutes du Niagara, puis concessionnaire des ventes ambulantes sur le cynodrome de Kalamazoo, puis distributeur exclusif des bières, limonades et spiritueux des dix-sept plus grosses cantines de Chicago, avant de fonder avec trois associés qu'il n'allait pas tarder à éliminer une brasserie qui devait devenir la plus importante de la ville et bientôt de l'Etat.

A quarante-cinq ans, en 1875, il avait ramassé près de dix millions de dollars et ses deux fils aînés étaient désormais suffisamment grands pour pouvoir le remplacer; leur laissant progressivement la direction de ses affaires, il décida de se consacrer entièrement à sa collection de tableaux.

Son goût pour la peinture lui était venu alors qu'il travaillait aux chutes du Niagara. Il avait aménagé une chambre dans le grenier de sa buvette et il la louait un quart de dollar la nuit à des artistes qui venaient peindre les cataractes. L'un d'entre eux, qui était resté presque un mois, lui laissa en paiement un tableau qui s'intitulait *Les Buveurs de whisky*; il représentait un bar enfumé dans un petit port de pêche; par la fenêtre garnie de carreaux jaunes et sales, on apercevait un paysage noyé de brume, quelques barques et une file de marins en suroît tirant leurs filets sur la grève : dans la salle, trois hommes rudes étaient assis autour d'une table de bois brut, devant trois gobelets de verre épais et une bouteille sombre à la panse renflée.

Raffke avait accroché le tableau derrière son comptoir. Il reconnaissait volontiers qu'il n'était pas très bien dessiné, que les personnages n'avaient pas l'air d'être vraiment assis sur leurs tabourets, que leurs bras étaient trop courts et que le tout manquait de couleurs. Mais chaque fois qu'il regardait son tableau, il était content et il se disait que le jour où il serait devenu riche, il en aurait plein d'autres.

Il en acheta quatre trois ans plus tard, à l'occasion de son mariage et de son installation à Kalamazoo. Les deux premiers, qui représentaient respectivement *Deux Petits Chats endormis* et *Groupe de femmes Quakeresses dans le port de Nantucket*, avaient été choisis par sa femme à une vente de charité. Le troisième s'appelait *La Chasse au tigre* et montrait un éléphant portant un palanquin, aux prises avec un énorme fauve qu'il avait saisi avec sa trompe. Dans la lutte, le palanquin avait été renversé à moitié, précipitant à terre un cornac squelettique vêtu d'un simple linge passé entre ses cuisses, un Européen glabre aux épais favoris roux armé d'une longue carabine et un maharajah aux vêtements richement brodés et incrustés de pierres précieuses; de chaque côté de l'éléphant, des indigènes, apparemment terrorisés, s'étaient jetés sur le sol.

Le quatrième tableau s'intitulait *Les Garçons de café*. Il représentait trois serveurs en habit, alignés devant un comptoir aux cuivres étincelants, munis de plateaux d'argent supportant respectivement un homard, un flan d'une translucidité presque parfaite, et une pompeuse pièce montée agrémentée de plumes de paon. Au-dessus du comptoir, derrière les rangées de bouteilles, étaient disposées de hautes glaces dans lesquelles se reflétait la salle du restaurant avec ses ors, ses stucs, ses moulures, ses grands lustres, ses dessertes au dessin tourmenté et sa brillante clientèle en fracs, robes à crinolines et uniformes chamarrés.

C'était celui qu'il préférait, car il lui rappelait un de ses premiers métiers et il s'accordait vraiment bien avec *Les Buveurs de whisky*, à côté duquel il l'accrocha dans la minuscule salle à manger du deux-pièces où sa femme et lui venaient d'emménager.

Dans les années qui suivirent, Hermann Raffke n'eut guère le loisir d'augmenter sa collection. En 1875, il avait en tout et pour tout vingt-trois tableaux. Mais désormais il avait le temps et l'argent nécessaires pour assouvir cette passion longtemps contenue.

Les soixante dernières pages du livre contenaient les révélations les plus intéressantes du point de vue de la collection. Elles se présentaient comme le compte rendu succinct mais détaillé des onze séjours que Hermann Raffke avait effectués en Europe entre 1875 et 1909. Aucun souci d'écriture n'avait présidé à la rédaction de ces notes, d'une lecture rapidement lassante, énumérant à longueur de pages l'emploi du temps des journées du brasseur : visites d'ateliers et de galeries, consultations d'experts, contacts avec des courtiers, déjeuners avec les artistes et les marchands, rendez-vous avec des collectionneurs, des restaurateurs, des encadreurs, des expéditionnaires, des banquiers, etc. Les deux fils avaient cru bon de publier intégralement ces pages d'agendas et de carnets de voyages, y compris les horaires de chemin de fer, les comptes quotidiens, et des mentions concernant, par exemple, l'emplette de lames de rasoirs ou la confection de douze chemises en batiste chez Doucet, et s'étaient bornés à les accompagner de quelques commentaires explicatifs provenant, soit des lettres où leur père les informait de ses déplacements, de ses acquisitions et, toujours brièvement, de ses impressions, soit des conversations qu'ils avaient eues avec lui à ses retours. Des documents divers étaient donnés en annexe, par exemple des catalogues de ventes publiques où le collectionneur avait coché les numéros qui l'intéressaient.

Hermann Raffke savait pertinemment qu'il ne connaissait pas grand-chose à la peinture, fût-elle ancienne ou moderne. Ses goûts personnels l'auraient volontiers poussé à n'acheter que des grands tableaux d'histoire ou des scènes de genre aux anecdotes réconfortantes, mais il se méfiait de ses goûts personnels, tout au moins pour se constituer une collection qui ferait blêmir de rage les Tompkins et les Dillman, et il décida de se faire conseiller. Des quelque deux cent cinquante tableaux qu'il ramena d'Europe, une vingtaine seulement – ceux qu'il appelle ses « Lieblingssünde », c'est-à-dire ses péchés mignons – furent achetés directement par lui et correspondent à ses préférences secrètes[1]. Tous les autres furent acquis par l'intermédiaire de ses conseillers. « Les plus éminents critiques, les experts les plus scrupuleux, les historiens d'art les plus circonspects seront les responsables et les garants de ma collection, et grâce à eux elle sera l'une des plus belles de

1. Sept d'entre eux lui tinrent assez à cœur pour qu'il demande à Kürz de les faire figurer dans son *Cabinet d'amateur : L'Assassinat de Concini*, de Julien Blévy, une mise en page grandiose gâchée par l'abus du bitume; *Le Camp du Drap d'Or*, de Guillaume Rorret, qui se qualifiait lui-même de « post-raphaélite »; *La Mort de la servante*, de Henry Silverspoon, surtout connu pour sa décoration du fumoir du Crystal Palace; *Les Labours en Norvège*, du Danois Dolknif Schlamperer (c'était le fils d'un marin qui avait péri dans le naufrage du *Philoctète* et en souvenir de son père, Raffke lui constitua une rente à vie); *Lancelot*, de Camille Velin-Ravel, une grande composition froide où cet élève de Couture et ami de Puvis de Chavannes montrait le Chevalier à la Charrette pénétrant nuitamment dans le château du géant Méléagant où Guenièvre est retenue prisonnière; *Le Prince masqué*, du Tyrolien Horvendill Lautenmacher, médiocre élève de Charles Haeberlin à l'Académie de Stuttgart; et *La Première Ascension du mont Cervin*, du Suisse Gustave Feuerstahl, qui traitait avec un réalisme mélodramatique la terrible chute d'Hadow, Hudson, Lord Douglas et Michel Croz et la miraculeuse survie d'Edouard Whymper et des deux frères Taugwalder.

tous les Etats-Unis d'Amérique », écrivit-il à sa femme en 1875 alors qu'il retraversait pour la première fois l'Atlantique sur le *S.S. Kaiser Wilhelmder Grosse*. Et il semble bien qu'il ait suivi aveuglément leurs conseils. Ainsi, à la Vente Vianello du 17 septembre 1895 au Palazzo Sarezin, il poussa jusqu'à deux cent mille francs[1] un *Saint Jean-Baptiste* du Groziano avant de l'abandonner à sa concurrente (« une grosse dondon française accompagnée d'un jeune gommeux », nota-t-il en marge de son catalogue) simplement parce que l'expert qui l'accompagnait, le professeur Aldenhoven, conservateur en chef du musée Wallraf-Richartz de Cologne, lui avait dit qu'aucun collectionneur américain ne possédait d'œuvre de ce peintre. Et encore ne s'arrêta-t-il que parce qu'Aldenhoven finit par l'en supplier.

Une trentaine de conseillers guidèrent

1. L'Italie faisait alors partie de l'Union latine et le franc y avait cours légal *(N. de l'A.)*.

ainsi Hermann Raffke dans ses choix. Les plus réputés d'entre eux sont sans conteste Gottlieb Heringsdorf, qui préparait alors sa monumentale Histoire de l'Art en Italie et qui accompagna à trois reprises le brasseur à Turin et à Milan, Emilio Zannoni, conservateur du musée de Florence, le marchand berlinois Busching, et le critique américain Thomas Greenback, dont la monographie sur les Carrache mettait pour la première fois en évidence le rôle décisif joué par Ludovico. D'autres, comme Maxfield Parrish, Frantz Ingehalt ou Albert Arnkle, étaient alors de jeunes professeurs et ne donnèrent que bien des années plus tard la preuve de leur compétence; d'autres encore n'étaient que ce qu'il est convenu d'appeler des amateurs éclairés, et s'ils connurent un jour la célébrité, ce ne fut jamais à la critique d'art qu'ils le durent : ainsi Alfred Blumenstich qui, bien avant de devenir banquier, fit avec Raffke un voyage en Bavière; ou Lawrence Inglesby, premier secrétaire à l'ambassade des Etats-Unis à Berne; ou Theodor Fontane, qui n'était pas encore le romancier à succès qu'il allait devenir dans les années quatre-vingt; ou Joshua Ewett, dont Raffke fit la connaissance à Venise alors que, jeune architecte, il travaillait à la restauration de Santa Maria degli Zvevi, et qui raconte dans ses mémoires que c'est à l'occasion de la croisière qu'il fit avec le brasseur tout autour de la Méditerranée qu'il conçut son projet de chaîne hôtelière qui, des années plus tard, allait le mener à la fortune.

La plupart de ces conseillers étaient allemands ou américains, peut-être par xénophobie ou chauvinisme, mais plus vraisemblablement pour des questions de langue; de fait, on trouve parmi eux quelques Anglais (dont John Sparkes, qui rédigea l'excellent catalogue de la collection de peintures du collège de Dulwich), trois Suisses (Reinhardt Burckhardt, conservateur du musée de Bâle, qu'il ne faut pas confondre avec son cousin lointain Jakob, l'historien d'art ami de Nietzsche, le peintre bernois Lengacker, et le marchand zurichois Anton Pfann), mais seulement deux Italiens (Zannoni et le directeur de la revue *Befana*, Franco Veglioni), un Hollandais (Ernst Moes, directeur du cabinet des estampes au Rijks Museum) et un Français (Henri Pontier, alors chargé de cours à l'Université d'Aix, mais qui allait devenir, sous le sobriquet de La Flanelle, un comique troupier extrêmement prisé : c'est de lui que daterait, encore que cette opinion soit aujourd'hui très controversée, l'habitude de finir les chansons par « tagada tsoin tsoin »).

Il est en tout cas une chose certaine, c'est que Hermann Raffke fut généralement satisfait des conseils qui lui furent donnés. Il ne lui arriva qu'exceptionnellement de s'en plaindre. Dans une lettre à son fils aîné Michael, datée du 4 septembre 1900 et expédiée de Paris, alors que répondant à l'invitation du commis-

format et le même cadre, les héritiers essayent de faire croire qu'ils formaient une paire et ils vont certainement tenter de les vendre ensemble; mais vous n'avez aucune raison de vous laisser faire.) »

« Le second tableau que je voudrais vous recommander porte le n° 52 : *Le Sac de Troie*, par Otto Reder, une huile sur papier marouflé. C'était à l'origine un projet de décor pour le prologue de l'*Enée* de Racquet à l'Opéra de Lisbonne. Vous savez sans doute que Reder venait à peine d'en être nommé le décorateur attitré lorsqu'il mourut dans le grand tremblement de terre en 1755. L'œuvre a été restaurée, mais d'une façon tout à fait délicate, par son élève Moraes-Salgado; je sais que vous possédez déjà plusieurs incendies, en particulier le Van den Eeckhout, mais je suis persuadé que celui-ci vous donnera toute satisfaction. »

« Le troisième tableau, le n° 78, devrait vous tenir tout spécialement à cœur, car il concerne deux de vos compatriotes : c'est le *Portrait de Guillaume de Humboldt* peint par Pierre de Cornelius en 1806; Humboldt était alors chargé d'affaires de Prusse à Rome, où Cornelius travaillait à la décoration du Palais Barrattini; je n'ai pas énormément d'estime pour le néo-classicisme de Cornelius que je trouve toujours un peu '' contrefait '', mais je dois reconnaître que ce portrait est admirable. Je vous signale par ailleurs que c'est son seul portrait connu. Vous aurez sans doute comme concurrent Strudellhoff dont j'ai appris hier au cours de la soirée donnée par la Schwanzleben qu'il avait mission de faire revenir le tableau à l'Ambassade. Mais il n'ira certainement pas au-delà de mille cinq cents ou deux mille dollars. C'est une œuvre qui a sa place dans votre collection : elle se mariera admirablement avec le Bassano que je vous ai fait acheter il y a cinq ans et avec la petite Princesse que vous a vendu ce grand dadais de Veglioni; etc. »

Raffke respecta point par point les consignes de Zannoni. Il exigea que les deux Mattei soient mis aux enchères séparément et obtint gain de cause; il laissa les acheteurs s'acharner sur le Guide, le Donnaiolo et les deux Bellagamba, qui montèrent chacun à plus de deux cent mille francs, cependant qu'il emportait ses trois tableaux pour moins de cent mille. Ils figurent aujourd'hui dans le *Cabinet d'amateur* de Heinrich Kürz, parmi les cent plus belles œuvres de sa collection dont, dans les dernières pages de son livre, il dresse la liste complète, précisant à chaque fois la date et les circonstances de l'acquisition, et même parfois le prix payé. Nous

nous bornerons ici à citer ceux qu'il décrit en premier, ceux à propos desquels il écrit : « Ces quinze tableaux sont les quinze joyaux qu'allemand de naissance, américain de cœur, et collectionneur de vocation, je suis le plus fier d'avoir réunis. »

Ecole hollandaise : *Portrait de jeune fille*, dit « *au portulan* », appelé également *Portrait Cuijper*, pour avoir longtemps fait partie de la collection de l'historien d'art belge Emil Cuijper. Généralement attribué à Carel Fabritius de Delft. Acheté en mars 1896 à Berlin au marchand Adolf Kieseritzky.

Hans Holbein le Jeune : *Portrait du marchand Martin Baumgarten*. Après avoir parcouru l'Egypte, l'Arabie et la Syrie aux débuts du XVIe siècle, Baumgarten s'installa à Cologne où il travailla pour le compte des frères Imstenraedt. Entre 1529 et 1536, il dirigea le comptoir des deux frères à la Stalhof de

Londres. C'est l'un des premiers portraits exécutés par Holbein en Angleterre, puisqu'il date de l'année même de son arrivée à Londres (1532). Acheté à Londres en 1909 (Vente Wyndham).

Ecole flamande : *Le Siège de Tyr.* Devant les murailles crénelées d'une ville embrasée, des centaines d'hommes tirent des plates-formes gigantesques supportant des tours étroites surchargées d'archers, de catapultes, de machines de guerre. Le ciel est strié de tisons ardents. De spectaculaires effets d'incendie empourprent l'horizon. Acheté à Saint-Gall en 1901 (les circonstances de la vente ne sont pas précisées).

Gaspard Ten Broek : *Paysage de Picardie.* Acheté à un antiquaire de la rue de Lille en 1875.

Ecole italienne : *Portrait d'un chevalier*, encore appelé *Le Chevalier au bain.* Acheté à Venise en octobre 1896

73

au comte Fadengelb. Le tableau appartenait au début du XIXe siècle à la famille Sostegno, de Turin, qui le vendit au collectionneur berlinois Redern, lequel le céda au prince Lichnowsky à la mort duquel le comte Fadengelb en hérita. Le chevalier est représenté de dos, nu, devant une source où il s'apprête à se baigner et qui lui renvoie l'image parfaite de son corps nu vu de face. A la droite du tableau, une cuirasse en acier bruni est appuyée contre un tronc d'arbre mort et le profil droit du chevalier s'y réfléchit dans tous ses détails, cependant que de l'autre côté, une femme vêtue d'une longue robe blanche flottante présente au chevalier un grand bouclier rond où son profil gauche se reflète, à peine déformé par la convexité brillante du bouclier. De vives controverses se sont élevées au sujet de l'auteur de ce tableau dont la perfection formelle dégage un sentiment de sérénité presque insupportable. On l'attribue généralement à un peintre de l'école de Brescia, soit Girolamo Romanino, soit Moretto da Brescia, soit Girolamo Savoldo il Bresciano. Mais quelques critiques penchent davantage en faveur d'un peintre de Ferrare.

Ecole italienne : *L'Annonciation aux rochers.* Un paysage escarpé et tourmenté ménage en son centre une sorte de grotte où la Vierge est assise, un livre ouvert sur les genoux. Elle semble ne pas voir l'archange Gabriel qui, un lis à la main, s'incline à quelques pas d'elle. Dans le lointain des chasseurs et leur meute traquent un cerf. Appartenait à la collection du docteur Heideking, de Hambourg. Acheté en 1891 pour deux mille marks par l'intermédiaire du négociant en vins James Tienappel.

Chardin : *Les Apprêts du déjeuner.* Signé et daté sur la margelle de pierre : J. S. Chardin 17(32?). Acheté six mille cinq cents francs le 9 mai 1881 à la Vente Beurnonville. Le baron de Beurnonville, qui le tenait de Laurent Laperlier, lui donnait pour titre *Le Repas rose*, à cause de toutes les nuances de rose des aliments représentés (le saumon, les pêches de vigne, le jambon, etc.)

Gerbrand van den Eeckhout : *Enée fuyant les ruines de Troie.* Une grande composition sur le même thème est conservée à Munich. Celle-ci, d'un format beaucoup plus restreint (80 × 50 cm) est davantage centrée sur l'incendie de la ville que sur les personnages. Sous un ciel violent et crépusculaire, embrasé de lueurs d'incendie, se dressent les ruines fumantes de la cité troyenne, au milieu desquelles le grand Cheval éventré semble un monstre fabuleux. Enée et Anchise ne sont que des silhouettes blanchâtres s'enfuyant dans le lointain (les circonstances de l'acquisition ne sont pas précisées).

Lucas Cranach : *Portrait de Jakob Ziegler*. Retrouvée dans les caves de la brasserie Zum Sängerhaus, à Strasbourg, l'œuvre fut étudiée et authentifiée par le professeur Jérôme Adrien. C'est à Wittenberg que le peintre eut l'occasion de rencontrer Ziegler qui y était venu voir Luther avant de se rendre à Strasbourg où son *Theatrum Orbis Terrarum* parut en 1532. Acheté à Zurich à Anton Pfann en 1901.

Ecole hollandaise : *Jeune fille lisant une lettre*. Acheté à Bruxelles en 1904 à la veuve du peintre d'histoire Stallaert. L'intérêt de cette petite composition réside dans le traitement de la lumière qui pénètre dans la chambre où se tient la jeune fille par une fenêtre haute et étroite, à peine entrouverte. Stallaert estimait que c'était une œuvre de jeunesse de Metsu, mais cette attribution n'est pas assez documentée pour pouvoir être retenue.

Ecole de Pisanello (?) : *Portrait d'une princesse de la Maison d'Este*. Le tableau fut retrouvé en 1877 par Veglioni chez un prêteur sur gages de Milan qui se déclara incapable d'en préciser l'origine. Veglioni le montra au vicomte de Tauzia, qui reconnut un des tableaux volés huit ans auparavant chez le docteur Bernasconi de Vérone (dont, quelque temps plus tard la riche collection constitua la base du musée de la ville). Bernasconi le tenait pour un Pisanello authentique, mais Tauzia démontra que c'était impossible, la princesse en question (Lauredana d'Este, future épouse d'Aimeri de Gonzague) n'ayant pas trois ans à la mort du peintre.

Ecole italienne : *La Visitation*. Un des rares tableaux européens achetés aux Etats-Unis (Boston, Vente Sherwood, février 1900) où il fut présenté comme « attribué à Pâris Bordone ». Il fut expertisé par Thomas Greenback qui fit

78

remarquer que les livrées des pages étaient aux armes du cardinal d'Amboise, et que par conséquent le peintre ne pouvait être qu'Andréa Solario, que Chaumont d'Amboise avait appelé en France pour la décoration de la chapelle de son château de Gaillon (malheureusement détruite en 1793).

Leandro Bassano : *Portrait d'un ambassadeur*. Il s'agit d'Angelo da Campari, envoyé plénipotentiaire de la République de Venise auprès du shah de Perse Abbâs Ier le Grand, puis du roi de Suède Gustave II Adolphe. Acheté 4 000 francs en 1883 à Rome au dernier descendant du modèle, le poète Gianbattista Doganieri.

Jean Vermeer de Delft : *Le Billet dérobé*. Célèbre depuis la description qu'en donna Ruskin, cette œuvre contribua sans doute plus que toute autre à la redécouverte du peintre. Achetée trente guinées en 1875 au marchand londonien

William Jensen, qui l'annonçait comme un « Van der Meer de Haarlem, élève de Berghem », elle était auparavant dans la collection de l'archéologue Simon Frehude.

Degas : *Danseuses*. Acheté à l'artiste 60 000 francs en janvier 1896. La rencontre entre le peintre et l'amateur fut organisée par le consul général des Etats-Unis à Paris, Mr Gawdy. MM. Gawdy et Raffke arrivèrent au 37 de la rue Victor-Macé vers onze heures du matin, visitèrent l'atelier, et emmenèrent ensuite Degas manger quelques huîtres de Colchester à la Maison Dorée.

Le deuxième ouvrage, publié en 1923 aux Presses Universitaires de Bennington, était une thèse consacrée à l'œuvre d'Heinrich Kürz : *Heinrich Kürz, an american Artist, 1884-1914*. Son auteur n'était autre que Lester Nowak. Alors qu'il travaillait à son article du *Bulletin of the Ohio School of Arts*, Nowak avait fait la connaissance de Kürz et les deux hommes étaient devenus amis. Après la brutale disparition du peintre (il fut l'une des vingt-trois victimes de l'accident de chemin de fer de Long Island le 12 août 1914), sa sœur demanda à Nowak de l'aider à classer les innombrables notes, esquisses, brouillons et études préparatoires qu'elle avait retrouvés dans son atelier, et de rédiger un catalogue raisonné. C'est ce catalogue, accompagné d'un appareil critique considérable, qui constitue l'essentiel de la thèse, l'auteur s'étant, comme il s'en explique dans un court avant-propos, « interdit tout jugement d'ordre esthétique pour ne considérer que les problèmes techniques liés à une œuvre qui, de par sa brièveté même, a quelque chose d'unique et d'exemplaire ».

Ce n'est pas la mort qui interrompit l'œuvre d'Heinrich Kürz. Il s'arrêta de peindre de lui-même, à la fin de l'année 1912, après avoir achevé *Un cabinet d'amateur* que lui avait commandé Hermann Raffke et dont l'exécution lui avait demandé près de trois ans et demi. En fait, toute son œuvre consiste en six toiles : deux *Paysages de bords de mer,* peints pendant des vacances passées à Watermill en juillet 1901; le *Portrait de Mlle Fanny Bentham dans le rôle de Camille d'On ne badine pas avec l'amour,* au grand théâtre de Pittsburgh; un *Auto-portrait avec effets d'anamorphose,* laissé inachevé; un tableau de genre, intitulé *Central Pacific,* représentant des Indiens à cheval regardant passer une formidable locomotive; et *Un cabinet d'amateur.* Mais pour ce seul tableau, il n'y avait pas moins de 1397 dessins, brouillons et croquis divers, et il fallait presque trois cents pages à Lester Nowak pour analyser ce prodigieux matériel.

Nowak n'avait évidemment pas pu revoir le tableau lui-même, inhumé pour l'éternité en même temps que son propriétaire, et la seule reproduction d'en-

semble qu'il pouvait en donner prove-
nait d'une photographie médiocre, prise
clandestinement par un des gardiens de
la salle où le tableau avait été exposé. La
publication de plusieurs esquisses où
Kürz avait indiqué schématiquement la
disposition du modèle, du chevalet, du
chien, l'emplacement des principaux
tableaux et du tableau lui-même « en
abîme », permettait une reconstruction
presque complète de l'œuvre en même
temps qu'elle mettait en évidence sa
difficile genèse, comme si la mise en
place de ces différents éléments, leur jeu
respectif, leur interaction, ne s'étaient
imposés à l'esprit du peintre qu'au
terme d'un patient travail mental : dans
les premiers croquis, par exemple, le
cabinet était traité d'une façon beaucoup plus vériste : une vaste pièce avec
des portes et des fenêtres ouvrant sur
une terrasse décorée d'arbres en pots,
un grand lustre de Venise, des meubles,
des vitrines avec quelques objets et
curiosités (nautiles, sphères armillaires,

théorbe et mandore, perroquet empaillé), une dizaine de personnes, et seulement quelques tableaux; ce n'est qu'au fur et à mesure des esquisses que l'on voyait la scène se concentrer, se raréfier, devenir dense et compacte, jusqu'à ne plus admettre que « les tableaux eux-mêmes, leur maître et leurs reflets ».

(On notera toutefois que Raffke avait, au départ, demandé à Kürz de le représenter avec toute sa famille, c'est-à-dire avec sa femme, ses cinq fils, sa fille, ses trois brus, son gendre, ses sept petits-enfants et son neveu Humbert (qu'il avait adopté à la mort de son frère). Lorsque Kürz décida de ne placer qu'un seul être humain en face de la collection de tableaux, il imagina, pour respecter le souhait du brasseur, de transformer certaines copies des portraits de la collection en portraits de membres de la famille Raffke : Mme Raffke, passablement idéalisée, remplace ainsi le *Portrait de Clara Schumann* par Ludwig

Steinbruck; les cinq fils (l'aîné avec sa magnifique barbe noire, le benjamin, borgne-né, avec un bandeau noir sur l'œil) et le gendre figurent dans la réplique de l'*Auto-portrait aux masques* de James Ensor (assez proche dans son inspiration de celui de la collection Lambotte) acheté à Bruxelles en 1904 à l'exposition de la Libre Esthétique sur l'insistance d'Albert Arnkle; Anna, la fille unique du brasseur, est représentée sous les traits de la *Jeune fille au portulan*, de Fabritius; les trois brus sont les *Trois Parques* d'un anonyme italien du XVIe siècle; les sept petits-enfants apparaissent dans un tableau de Boucher intitulé *L'Enigme*; et le robuste *Méphistophélès* de Larry Gibson (Ecole américaine) laisse place au placide Humbert Raffke, dont les petits yeux rieurs se plissent de plaisir sous des besicles cerclées d'acier.)

Mais l'intérêt principal de la thèse n'était pas là. En publiant pour la première fois côte à côte les dessins préparatoires de Kürz et les originaux de la collection Raffke (dont les héritiers avaient exceptionnellement autorisé la reproduction), Nowak élucidait enfin l'énigme de ces minuscules variations qui avaient tant intrigué les visiteurs de l'exposition :

« Il ne s'agit pas, comme je l'avais avancé il y a dix ans dans ma première approche de l'œuvre, d'une démarche ironique visant à réinstaurer l'idée, séduisante certes mais fermée sur elle-même, d'une « liberté de l'artiste » face au monde qu'il est mercantilement chargé de reproduire, et pas davantage d'une perspective historico-critique assignant au peintre l'impossible héritage d'on ne sait trop quel '' âge d'or '' ou '' Paradis perdu '', mais, bien au contraire, d'un processus d'incorporation, d'un accaparement : en même temps projection vers l'Autre, et Vol, au sens prométhéen du terme. Sans doute ce cheminement plus psychologique qu'esthétique est-il suffisamment conscient de ses limites pour pouvoir, à l'occasion, se tourner en dérision et se dénoncer lui-même comme illusion, comme simple exacerbation d'un regard ne produisant que des '' trompe l'œil '', mais il convient surtout d'y voir l'aboutissement logique de la machinerie purement mentale qui définit précisément le travail du peintre : entre le *Anch'io son' pittore* du Corrège et le *J'apprends à regarder* de Poussin, se tracent les frontières fragiles qui constituent le champ étroit de toute création, et dont le développement ultime ne peut être que le Silence, ce silence volontaire et auto-destructeur que Kürz s'est imposé après avoir achevé cette œuvre. »

La démonstration de cette théorie s'accompagnait d'un exceptionnel travail d'érudition concernant les tableaux de la collection Raffke, comme si Nowak avait tenu à persuader ses lecteurs que ce qui était en jeu dans *Un cabinet d'amateur* renvoyait autant aux œuvres originales qu'aux répliques légèrement faussées qu'en avait données Heinrich Kürz. Grâce à l'obligeance de Humbert Raffke qui, depuis la mort de son oncle, continuait de veiller sur la collection, Nowak avait eu accès à tous les documents concernant les acquisitions européennes du brasseur, et il fut à même, avec une patience, une ingéniosité et un flair étonnants, de reconstituer exactement l'histoire de presque tous les tableaux et bien souvent d'en préciser l'attribution. C'est ainsi qu'il put confirmer l'hypothèse de Greenback concernant la *Visitation* d'Andrea Solario, en établissant la liste de tous ses propriétaires, depuis le cardinal d'Amboise jusqu'à James Sherwood : offerte par le cardinal à Maximilien lors de la constitution de la Ligue de Cambrai, la *Visitation* du Gobbo (bien que ce fut son frère, Cristoforo, qui fut bossu, Andrea était tout de même surnommé Del Gobbo) resta près d'un siècle dans les collections de Charles Quint puis de Philippe II qui la donna à Albert le Pieux lorsque celui-ci devint son gendre. Le tableau se retrouve ensuite, sans doute par l'intermédiaire de la dame d'honneur d'Isabelle, Geneviève d'Urfé, marquise de Croy, dans la collection de Charles de Croy, duc d'Arschot, et figure à ce titre dans l'inventaire établi par le peintre Salomon Noveliers après la mort du duc, ainsi que dans l'annonce de la mise aux enchères de cette remarquable collection :

« L'on faict savoir à chacun, qu'entre les meubles de feu Seigneur duc d'Arschot, se comptent

environ deux mille pièces de painc-
tures de toutes sortes de couleurs,
de divers maistres excellents,
comme d'Albert Dürer, Lucas de
Leyde, Jean de Maubeuge, Jerosme
Bosch, Florus Dayck, Longue
Pierre, Titian Urban, André de
Gobbe, Paul Verones et aultres.
Environ dix-huit mille médailles,
une bibliothèque de six mille volu-
mes, beaucoup d'iceux manuscrits,
force argenterie blanche et dorée,
vases tant de cristal de roche que
de serpentines, agates, ambre,
jaspe, éliotropes qu'aultres pierres
taillées, raretés de toutes sortes,
tapisseries. Bref tant de meubles
exquis qu'à peine s'en pourrait-il
trouver davantage chez aucun
Prince : desquels meubles l'on com-
mencera la vendition par charge
des Seigneurs Testamentaires et
Exécuteurs du testament dudict
Seigneur Duc au plus offrant et
dernier enchérisseur, en la ville de

Bruxelles, le quinzième de juillet prochain et se continuera les jours ensuivants jusqu'à l'achevement d'icelle. »

A cette vente, qui n'eut pas lieu à Bruxelles mais à Anvers, le tableau fut acheté par le marchand Jean Wildens qui en fit exécuter par Erasme Quellyn deux petites copies qu'il expédia, l'une à Londres et l'autre à Vienne (l'une de ces copies est aujourd'hui dans la collection de la princesse Charlotte au Palais de Miramar près de Trieste) avant de le céder pour soixante florins à Boyer d'Arguille, conseiller au Parlement de Provence; la vente eut lieu par l'intermédiaire de Coelmans, que Boyer d'Arguille avait fait venir à Aix pour graver sa collection de tableaux, et la gravure représentant le Solario est aujourd'hui encore conservée au Cabinet des Estampes du musée d'Aix. La présence du tableau est attestée jusqu'en 1790 dans la chapelle du château d'Arguille. Il disparaît pendant la période révolutionnaire et est retrouvé en 1824 chez un marchand de vins de Moncoutant par un notaire de Loches, Charles Maurepas, qui en donne une très belle description dans le *Bulletin des Sociétés Savantes d'Indre-et-Loire* (1828, XVII, 43) mais l'attribue fautivement à Pâris Bordone. L'œuvre passe en vente à Angoulême en 1851 (Vente Coignières, n° 1 du catalogue : *La Visitation*, Ecole italienne, XVIe siècle. Attribué à Pâris Bordone) et est acquise pour deux cents francs par un antiquaire de la ville qui l'emportera avec lui aux Etats-Unis en 1885 et la vendra la même année à James Sherwood.

Des précisions tout aussi complètes étaient données à propos de *La Mosquée des 'Ummayades*, de Devéria, du *Loing à Montargis*, que Nowak authentifiait comme un des rares paysages laissés par Girodet, des *Cavaliers arabes*, dont l'attribution à Delacroix se fondait sur une bibliographie impeccable, et du très étrange *Intérieur à la perruque* (à côté d'un lourd fauteuil en bois doré recouvert de tapisserie de Beauvais, se trouve un guéridon sur lequel un tricorne garni d'une plume noire voisine avec une volumineuse perruque blonde posée sur un support de bois sculpté en forme de tête) que Nowak identifia péremptoirement comme étant « l'enseigne » commandée en 1681 à Rigaud par Binet, le perruquier du roi Louis XIV, et dont on soupçonnait l'existence par une médiocre épigramme attribuée à Bachaumont :

Binet, le Perruquier des Rois
A Rigaud demande une enseigne.
Rigaud est mécontent, je crois,
Car sa brosse fait fi du peigne.
Mais, Rigaud, s'il n'y avait pas
De perruques sur tes modèles,
Ils n'auraient plus aucun appas,
Et tu te plaindrais de plus belle !

Les deux révélations capitales de cette étude concernaient l'*Annonciation aux Rochers* et le *Chevalier au bain*. Se fondant sur les nombreuses similitudes existant entre l'*Annonciation* et certains détails de la *Vision de saint Eustache* de la National Gallery (le cerf, le chien tacheté, le petit lévrier), de la *Légende de saint Georges* de Santa Anastasia (les deux chiens près de saint Georges) et de l'*Annonciation* de San Fermo de Vérone (les ailes de l'ange et la découpe du paysage au-dessus de lui), Nowak démontrait en effet que l'œuvre pouvait, avec une quasi-certitude, être attribuée à Pisanello.

Quant au *Chevalier au bain*, Nowak le rapprochait lumineusement d'une œuvre perdue de Giorgione décrite dans les *Vite* de Vasari :

« Pour convaincre des sculpteurs de la supériorité de son art sur le leur, il (Giorgione) leur proposa de leur montrer en peinture le devant, le dos, et les deux côtés en profil d'une seule figure. Chose qui mit leurs cerveaux à l'envers. Voici comment il la fit : il disposa un nu tourné de dos qui avait par terre, devant lui, une source d'eau très limpide dans laquelle Giorgione peignit le reflet du nu de face; sur un des côtés il y avait une légère cuirasse et dans laquelle il y avait le profil gauche, car dans le poli du métal on découvrait tous les détails; de l'autre côté il y avait un miroir reflétant l'autre côté du nu. C'était une chose d'une invention et d'une fantaisie merveilleuses qui prouvait, en effet, que la peinture demande plus de talent et de travail, et montre plus en une seule vue d'après nature que ne le fait la sculpture... »

Ces mêmes effets de surfaces réfléchissantes se retrouvaient dans une autre œuvre perdue, un *Saint Georges* décrit par Paolo Pino. Mais il n'existait aucune autre attestation précise de ces œuvres et, par ailleurs, plusieurs peintres de Venise, de Ferrare et de Brescia avaient utilisé avec des bonheurs divers de tels procédés (en particulier le *Portrait en pied, dit de Gaston de Foix*, de Savoldo, aujourd'hui conservé au Louvre.) C'est en cherchant à savoir comment cette œuvre était entrée dans la collection Sostegno que Nowak avait fait la découverte capitale qui devait le conduire à affirmer que le tableau était de Giorgione. Il avait en effet retrouvé la trace d'un tableau dont le descriptif correspondait en tous points avec le *Chevalier au bain* de la collection Sostegno. Ce tableau, intitulé *Vénus offrant à Enée les armes de Vulcain*, avait été laissé en héritage par un certain Nicolo Renieri et était passé en vente à Venise au début du XVIIe siècle. Or, une autre toile de cette succession – « un petit tableau avec deux figures de la main de Zorzon de Castelfranco » – était attesté

96

dans le *Camerino delle Antigaglie* de Gabriele Vendramin de 1567. Sans doute cette *Vénus* ne figurait-elle pas dans le catalogue de ce collectionneur qui avait possédé plusieurs Giorgione (dont *L'Orage,* le *Christ mort soutenu par un ange,* et le petit *Joueur de flûte* dans la Galerie Borghèse) et pas davantage dans les précieuses descriptions qu'en avait données Marcantonio Michiel, mais la conjonction de la description de Vasari et de la présence de l'œuvre dans un ensemble d'œuvres partiellement ou complètement hérité d'un collectionneur notoire de Giorgione constituait un indice trop précis pour qu'on puisse refuser d'envisager une attribution à laquelle ne s'opposait aucun argument iconographique ou esthétique.

La peinture américaine n'occupe que peu de place dans l'étude de Lester Nowak. Sur les vingt et un tableaux d'origine américaine représentés dans le *Cabinet d'amateur*, cinq seulement font l'objet d'une description un tant soit peu poussée. Les trois premiers sont des tableaux d'histoire, où le thème, l'intérêt documentaire et la personnalité des protagonistes comptent bien davantage que la valeur artistique ou la notoriété du peintre. La première s'intitule *L'Arrivée de Charles Wilkes à San Francisco le 17 juin 1842*. Son auteur, Arthur Stoessel, est l'un des officiers qui participa à l'expédition. Parti de New York en 1838 avec mission d'explorer le continent austral, Wilkes découvrit les terres auxquelles il donna son nom (mais que Dumont d'Urville avait déjà partiellement baptisées du nom de terre Adélie), remonta jusqu'à Bornéo, visita les îles Sandwich et revint en longeant les côtes de l'Orégon et de la Californie. Ses découvertes furent presque aussitôt mises en doute par le capitaine anglais Ross qui prétendit qu'il n'y avait rien aux latitudes et longitudes qu'il avait indiquées, et ce n'était que très récemment, après les voyages de Sir Douglas Mawson entre 1911 et 1914 que l'existence des terres de Wilkes avait été confirmée.

Le second tableau s'intitule *Perdus dans la mer de Weddell* (anonyme, Ecole américaine, XIXᵉ siècle) et retrace un épisode dramatique d'une autre expédition américaine, celle de Benjamin Morrell. Entre 1823 et 1839, Benjamin Morrell accomplit quatre tours du monde dont le dernier s'acheva tragiquement sur les côtes du Mozambique. L'épisode qui est décrit sur la toile (retrouvée dans les malles de Morrell après sa mort, mais dont il n'est certainement pas l'auteur) est raconté dans le tome VII de son journal : au retour de son second voyage, qui l'avait conduit successivement en Nouvelle-Guinée, Nouvelle-Calédonie, Nouvelle-Zélande, Tasmanie, îles Kerguélen, îles Crozet, îles du Prince-Edouard, son navire se perdit dans les brouillards glacés de la mer de Weddell où, menacé par la banquise, il erra pendant plusieurs semaines. La toile, dont les grisailles blanchâtres auraient une violence presque turnerienne si la naïveté du trait n'en détruisait les effets, montre le minuscule bâtiment confronté à des icebergs gigantesques.

Le troisième tableau a pour titre *La Mort de Juan Diaz de Solis tué par les Indiens* et pour auteur Arnold Hosenträger. Après avoir découvert le Yucatan avec Pinzon, Juan Diaz de Solis tenta de s'enfoncer dans la baie de Rio de Janeiro, mais il tomba entre les mains d'Indiens anthropophages qui le dévorèrent avec ses compagnons. Le tableau, dont l'historicisme pointilleux dissimule mal un pompiérisme complaisant, montre un groupe d'Indiens à demi nus rassemblés dans une clairière que borde une végétation exubérante à souhait. Au centre, un grand chaudron est suspendu à trois troncs d'arbres disposés en faisceau; tout autour les malheureux Européens sont attachés à des poteaux, à l'exception d'un seul, un prêtre en soutane qui, agenouillé à l'extrême droite du tableau, les mains jointes, est massacré à coups de haches par deux sauvages. L'œuvre obtint une médaille d'argent au Salon de Louisville en 1888.

Les deux autres œuvres d'origine américaine sont celles dont Heinrich Kürz est lui-même l'auteur et qu'il tint à faire figurer dans le *Cabinet d'amateur* comme trace de son travail passé et futur.

La première, *Un Petit Port de plaisance près d'Amagansett*, montre une longue plage blanche surplombée d'un ciel presque transparent. La mer est grise, ponctuée d'embarcations aux voiles effilées. Un groupe de personnages, tous de noir vêtus, s'avance sur la plage en direction d'un grand parasol à bandes roses et vertes sous lequel une vieille femme vend des quartiers de pastèques. C'est alors qu'il peignait cette toile que Kürz fit la rencontre de la famille Raffke (ce sont eux les personnages en noir sur la plage) et elle plut tant à Hermann Raffke qu'il la lui acheta sur-le-champ deux cents dollars.

La deuxième œuvre n'existe pas, ou plutôt elle n'existe que sous la forme d'un petit rectangle de deux centimètres de long sur un centimètre de large, dans lequel, en s'aidant d'une forte loupe, on parvient à distinguer une trentaine d'hommes et de femmes se précipitant du haut d'un ponton dans les eaux noirâtres d'un lac cependant que sur les berges des foules armées de torches courent en tous sens. Si Heinrich Kürz, qui, confia-t-il un jour à Nowak, n'avait appris à peindre que pour faire un jour ce tableau, n'avait pas décidé de renoncer à la peinture, l'œuvre se serait appelée *Les Ensorcelés du Lac Ontario* et se serait inspirée d'un fait divers survenu à Rochester en 1891 (Gustave Reid en tira en 1907 un roman qui connut un certain succès) : dans la nuit du 13 au 14 novembre, une secte de fanatiques iconoclastes fondée six mois plus tôt par un employé de la Western Union, un tueur de bœufs et un agent d'assurances maritimes, entreprit de saccager systématiquement les usines, dépôts et magasins d'Eastman-Kodak. Près de quatre mille boîtiers, cinq mille plaques, et quatre-vingt-cinq kilomètres de pellicule de nitrocellulose furent détruits avant que les autorités puissent intervenir. Pourchassés par la moitié de la ville, les sectaires se jetèrent à l'eau plutôt que de se rendre. Parmi les soixante-dix-huit victimes figurait le père d'Heinrich Kürz.

La deuxième Vente Raffke eut lieu du 12 au 15 mai 1924 à Philadelphie, chez

Parke and Bennett, en présence d'une foule nombreuse au milieu de laquelle se remarquaient les plus fameux collectionneurs de la côte Est, accompagnés de leurs conseillers, et la plupart des directeurs des grands musées américains. Les commissaires-priseurs étaient MM. Moulineaux et Jonathan Cheap, tous deux venus spécialement de New York, assistés de MM. Rumkoff, Baldovinetti, Feuerabends et Turnpike Jr, experts. Les trois cents cinquante-huit notices du catalogue avaient été rédigées par MM. William Fleish et Humbert Raffke, avec l'aide des susdits experts et de MM. Maxwell Parrish, Frantz Ingehalt, Thomas Greenback et Lester Nowak.

La première journée fut consacrée à la peinture américaine et le premier tableau présenté fut le *Portrait de Bronco McGinnis*, l'homme le plus tatoué du monde, par Adolphus Kleidröst; il fut adjugé 2 500 $ pour le compte du *Barnums's American Mu-*

seum; avec un *Petit Paysage de Floride*, de John Jasper (2 500 $), le *Portrait de Mark Twain*, par Adam Bilston (2 000 $) et *Le Vieux Cocher*, De Mary Cassatt (5 000 $), ce furent les plus belles enchères de la séance; quatre autres œuvres dépassèrent les cinq cents dollars : *Le Trapéziste*, de Jefferson Abott (825 $), *Les Immigrants*, vaste composition de William Ripley où l'on voyait une foule bigarrée surchargée de ballots alignée sur le pont d'un grand navire (750 $), *La Chute de la maison Usher*, de Frank Staircase (650 $) et *Le Débarquement de Taft et des Marines du colonel Waller à Cuba en 1906*, de Walker Greentale, qui n'atteignit que 600 $ bien que sa *Squaw* eût été l'un des succès de la vente précédente; le *Port de plaisance près d'Amagansett* trouva preneur à 125 $, *L'Arrivée de Wilkes* fit 98 $; *Les Deux Chats endormis*, *Les Buveurs de whisky* et *Les Garçons de café* furent vendus tous les trois pour 10 $;

par contre la *Chasse au tigre* monta jusqu'à 45 $.

La deuxième journée fut réservée à la peinture moderne européenne et commença par la présentation d'une vingtaine d'œuvres regroupées sous l'étiquette « Ecole néo-classique »; la plupart des *Lieblingssünde* d'Hermann Raffke en faisaient partie. Plus des deux tiers ne dépassèrent pas cinquante dollars, témoignant avec une vigueur manifeste de la défaveur dans laquelle ce genre de peinture était tombé depuis le début du siècle. Sept d'entre elles, pourtant, furent l'objet d'enchères beaucoup plus animées et dépassèrent largement les prévisions des experts : *Le Camp du Drap d'or*, de Rorret (450 $); *Portrait de M. Baudoin-Dubreuil en mousquetaire*, de Ferdinand Roybet (1 200 $); *Lancelot*, de Camille Velin-Ravel (1 300 $); *Le Collectionneur d'insectes*, de Gervex (1 750 $); *L'Apothicaire de Tunis*, de

Gérôme (2 000 $); le *Portrait d'un général*, de Jean Gigoux (2 250 $) et un très étonnant *Voyage au centre de la Terre*, d'Eugène Riou, une des rares peintures de cet artiste surtout réputé comme graveur et illustrateur (2 500 $).

La séance de l'après-midi commença d'une façon tout à fait maussade lorsque furent présentées trois œuvres que Raffke avait achetées à l'instigation d'Albert Arnkle : l'*Auto-portrait aux Masques*, d'Ensor, dont la notoriété ne dépassait pas alors les frontières de la Belgique, n'obtint que 250 $, et les *Trois hommes sur une petite route de campagne*, d'August Macke, encore presque totalement inconnu dans son pays d'origine, bien qu'il fût mort depuis déjà presque dix ans (Raffke lui avait acheté ce tableau en 1908 alors que Macke travaillait à Berlin dans l'atelier de Lovis Corinth) firent 83 $ après avoir été mis en vente à 75; quant au *Portrait d'un officier autrichien*, de Gustav Klimt, il atteignit difficilement 560 $. Mais l'ambiance devint nettement plus enthousiaste lorsque commencèrent à arriver des tableaux des écoles françaises dont la cote internationale était déjà à peu près affirmée. Presque toutes les œuvres présentées dépassèrent les mille dollars (Utrillo, *Le Marché aux puces de la place Blanche*, 1 400 $; Vuillard, *Intérieur bourgeois*, 2 000 $; Bonnard, *La Rue de l'Aveyron*, 2 800 $) et cinq d'entre elles les dix mille : Delacroix obtint 11 000 $ pour des *Cavaliers arabes* pleins de fougue mais d'une facture plutôt relâchée; Renoir monta à 13 500 $ avec sa *Marchande de cigarettes*; Cézanne à 17 000 $ avec *Le Jeu de dominos*, une robuste nature morte représentant une table à jeu avec un bouquet de belles-de-nuit et des dominos étalés; quant à Corot et Degas, ils pulvérisèrent les estimations des experts, Corot avec un paysage d'Italie première manière (une *Vue de Pompéi*) qui atteignit 55 000 $, et Degas avec des *Danseuses* qui plafonnèrent à 87 000 $.

Le cap des cent mille dollars fut franchi le lendemain matin lorsque furent mises en vente les œuvres de l'Ecole allemande; il devait l'être encore à plusieurs reprises au cours des séances de l'après-midi et de la journée suivante quand, dans une atmosphère de plus en plus exaltée, furent successivement proposés les tableaux des Ecoles française, flamande, hollandaise et italienne.

Lors de ces deux dernières journées, sur les quarante-cinq tableaux présentés, six seulement restèrent au-dessous de deux mille dollars. Et les chiffres obtenus par les trente-neuf autres constituent bien souvent pour l'époque des records absolus :

2 100 $: Ecole flamande (parfois attribué à Marinus van Reymerswaele) : *Le Changeur et sa femme* (une copie

d'époque du célèbre tableau de Quentin Metsys; son intérêt principal provient des toutes petites modifications que le copieur y a introduites; ainsi personne ne se reflète dans le petit miroir de sorcière au premier plan; le vieillard [ou la vieille femme] que l'on voit discuter au fond par la porte entrebâillée n'a pas le doigt levé et l'homme qui l'écoute n'a pas de chapeau; la miniature du livre que regarde la femme du banquier ne représente pas une Vierge à l'Enfant, mais une mise au tombeau, etc.).

3 800 $: Ecole allemande, XVIe siècle (Hambourg) : *Pyrame et Thisbé* (la Babylone imaginaire qui occupe tout le fond de la toile est souvent citée comme exemple de ce maniérisme hambour- geois dont on ne connaît que trop peu d'œuvres).

4 300 $: Ecole flamande : *La Chute des Anges rebelles* (l'attribution à

Bosch, proposée par Cavastivali, ne repose sur aucun élément sérieux).

5 000 $: Pietro Longhi : *Fête au palais Quarli* (acheté par M. William Randolph Hearst).

6 500 $: Ecole française : *Moine en prière* (parfois considéré comme un *Saint Jérôme* malgré l'absence de lion. L'histoire de ce tableau, telle que parvint à la retracer Nowak, n'est connue qu'à partir de 1793, date à laquelle, dans le cadre du décret sur les biens du clergé, il fut saisi dans l'église Saint-Saturnin de Champigny. De vente publique en vente publique, il a été successivement attribué au Valentin, à Honthorst, à Ter Brugghen, à Guido Reni, à Manfredi, à « un élève du Caravage », à Schalken et à l'Espagnolet).

7 500 $: Giovanni Paolo Pannini : *Les Architectes* (deux architectes font visi-

ter à un cardinal le palais qu'il se fait construire).

8 000 $: Louis Boilly : *La Venelle des musiciens* (dans une étroite ruelle, un flûtiste, un altiste et un violoncelliste s'apprêtent à donner un concert sous les yeux de quelques badauds). Une version voisine, ayant pour titre *Le Jeu du tonneau* (parce que dans le fond de la scène trois enfants jouent à ce jeu d'adresse que l'on appelle le tonneau ou la grenouille) se trouve au musée de Saint-Germain. Celle-ci provient de la collection de Mlle Ursule Boulou.

11 000 $: Gianbattista Tiepolo : *La Naissance de Vénus* (ancienne collection Daddi).

11 540 $: Ecole hollandaise : *Les Joueurs d'échecs* (on a souvent voulu attribuer ce tableau à Karel van Mander. Nowak a pu démontrer d'une manière tout à fait originale que c'était

impossible : car Mander est mort en 1606 et la disposition des pièces sur l'échiquier du tableau reproduit la situation après le quinzième coup blanc d'une partie célèbre disputée en 1625 par Giochino Greco dit Le Calabrais. Il est à noter que, dans sa copie du tableau, Kürz a représenté la partie après le dix-huitième coup, c'est-à-dire après le mat étouffé).

12 500 $: Arrigo Mattei : *Les Musiciens endormis* (acheté par la Fondation Carnegie).

13 125 $: Ecole hollandaise : *Jeune fille lisant une lettre* (au terme de longues délibérations, les experts renoncèrent à attribuer l'œuvre à Metsu et même à son atelier).

13 200 $: Gérard van Honthorst (Gherardo della Notte) : *Incendie de Sodome* (appartenait aux collections de Pierre le Grand. Elizabetha Petrovna le

donna à Michel Lépicié pour le remercier de ses décorations du palais Anitchkov à Saint-Pétersbourg).

14 000 $: Gerbrand van den Eeckhout : *Enée fuyant les ruines de Troie.*

14 315 $: Joseph Vernet : *La Tempête* (ce tableau, assez voisin de celui du Louvre, appartint, on le sait, à la collection du vicomte de Timbert, dont le portrait par le baron Gros est resté célèbre; mais on ne le connaissait jusqu'alors que par une gravure de Balechou).

15 000 $: Pierre de Cornelius : *Portrait de Guillaume de Humboldt.*

17 200 $: Sir Thomas Lawrence : *Portrait de Nelson* (des quatre portraits de Nelson laissés par ce peintre, celui-ci est sans conteste le plus romantique, puisqu'il le montre tenant dans son uni-

que main, non pas son habituelle lor-
gnette, mais un médaillon représentant
Lady Hamilton).

17 500 $: Peter Snayers : *Le Siège de
Tyr* (c'est en trouvant une reproduction
de ce tableau dans un des *Cabinets
d'amateur* de Gilles van Tilborg que
Nowak put en identifier l'auteur).

17 900 $: Otto Reder : *Le Sac de
Troie* (acheté par la Fondation Sher-
burn-Boggs pour le compte du Smithso-
nian Athenaeum de Schenectady (New
York).

18 250 $: François Gérard : *L'Amour
et Psyché* (une version de 1796, très
différente de la version de 1798 conservée au Louvre).

20 000 $: Leandro Bassano : *Portrait
d'un ambassadeur* (acheté par le Cor-
coran Institute, Providence, Rhode Island).

21 000 $: Jean-Baptiste Perronneau : *Portrait d'un évêque* (il s'agit de François de Telek, évêque de Klausenburg, que le peintre rencontra lors de son voyage en Russie en 1781).

22 000 $: Gaspard Ten Broek : *Paysage de Picardie* (un prix extrêmement élevé pour ce peintre plutôt obscur, que l'on a souvent tendance à confondre avec Gérard Terborch ou avec Gaspard van der Brouckx).

22 000 $: Jan Fyt : *Paon et corbeille de fruits* (collections Forcheville, puis Settembrini).

25 000 $: Ecole de Pisanello (?) : *Portrait d'une princesse de la Maison d'Este* (l'opinion de Tauzia, excluant une attribution à Pisanello, fut confirmée par Rumkoff et Baldovinetti; Maxwell Parrish estima que l'œuvre pouvait être de Pietro di Castelaccia, dit il Gros-

setto, mais son hypothèse fut accueillie avec trop de réticences par les autres experts pour pouvoir être retenue).

32 000 $: Nicolas Poussin : *Manlius Capitolinus* (un des six « sujets tirés de l'histoire romaine » recensés par John Smith dans son *Catalogue raisonné* en 1837. L'œuvre, connue par les gravures de Massard et de Landon, était considérée comme perdue depuis 1870. Ingehalt la retrouva en 1891 à Berlin, dans la remise d'un loueur de fiacres).

37 500 $: Girodet-Trioson : *Le Loing à Montargis* (Stendhal, qui vit le tableau à Lyon chez son ami Paul Brémont, en mai 1837, en a laissé une description dans ses *Mémoires d'un touriste*).

38 000 $: Jean-Baptiste Greuze : *Orphée et Eurydice* (les scènes mythologiques sont rares chez Greuze qui, généralement, n'y excellait guère; celle-ci, qui constitue une heureuse exception,

est contemporaine de sa *Danaé* du Salon de 1863 qui fut tant critiquée).

40 000 $: François Boucher : *L'Enigme* (ce tableau, exécuté, dit-on, à la demande de Catherine II, montre trois petites filles vêtues « à la moscovite » formant une ronde autour d'un jeune homme. Son titre, indiqué par le peintre lui-même, n'a jamais été explicité d'une façon satisfaisante. Dans le *Cabinet d'amateur*, Kürz a traité cette « énigme » d'une façon très particulière. La première copie reproduit strictement le modèle, à cette exception près que le jeune homme y est un squelette armé d'une faux. Dans la seconde copie, le même décor reçoit, non pas trois enfants, mais sept, les sept petits-enfants de Hermann Raffke; quant à la troisième copie, elle représente un autre tableau de Boucher, *La Fête champêtre*, une pastorale où dix-sept danseurs, danseuses et musiciens évoluent dans un décor de rocailles et de sous-bois : une

harpiste près d'une fontaine dont la vasque est un gigantesque coquillage du genre bénitier et la bouche une tête de lion, trois danseuses formant une ronde, un flûtiste et deux jeunes filles à demi dissimulés dans le feuillage, sept danseurs et danseuses formant un vaste arc de cercle, et parmi eux un couple de jeunes filles se tenant par la taille, un violoneux, et une jeune fille dans une grotte écoutant un guitariste assis à ses pieds. C'est une des rares œuvres qu'Hermann Raffke ne put acheter : annoncée à la Vente Meyrat-Jasse, elle fut vendue de gré à gré par les héritiers au marquis de Pibolin, et retirée des enchères).

50 000 $: Pierre-Paul Rubens : *Midas et Apollon* (provient de l'ancienne collection d'Antoine Cornelissen, celui que Van Dyck appelait Pictoriae Artis Amator Antverpiae) (acheté par la Fondation Johnson, Connecticut).

62 500 $: Andrea Solario : *La Visitation* (acheté par M. Simon Rawram, de New York).

65 000 $: Jean-Baptiste Siméon Chardin : *Les Apprêts du déjeuner* (acheté par la Fondation Sears Roebuck, Albany).

85 000 $: Jan Steen : *Les Médecins* (moins célèbre que *La Visite du médecin* du musée de La Haye, cette œuvre, qui provient des anciennes collections de la princesse Palatine, et dont on trouve des répliques aux musées d'Aarhus, de Salamanque et de Prague, présente un intérêt documentaire exceptionnel : en effet, un des médecins examine la jeune malade en appliquant sur son sein à demi dévoilé une sorte de cornet acoustique assez analogue à celui que Laënnec « inventa » sous le nom de stéthoscope près d'un siècle et demi plus tard; ceci explique sans doute que

l'œuvre, estimée par les experts à 40 000 $, ait été poussée à un prix plus de deux fois plus élevé par les acheteurs du Musée d'Histoire de la Médecine de l'Université de Dartmouth).

106 000 $: Carel Fabritius : *La Jeune Fille au portulan* (acheté par le musée d'Hoaxville, Illinois).

112 000 $: Antonio Pisano, dit Pisanello : *L'Annonciation* (acheté par l'association des Musées de Floride).

120 000 $: Hans Holbein le Jeune : *Portrait du marchand Martin Baumgarten* (acheté par l'Institut Budweiser de Pittsburgh).

137 000 $: Lucas Cranach l'Aîné : *Portrait de Jakob Ziegler* (acheté par la Vanderbilt Institution for the Development of Fine Arts, Troy).

143 000 $: Giorgione : *Vénus offrant à Enée les armes de Vulcain* (la présentation du tableau sous ce titre déclencha dans la salle quelques murmures de désapprobation et quelqu'un se leva pour exiger que l'œuvre soit annoncée comme « attribuée à Giorgione par le professeur Nowak »; cela ne l'empêcha pas d'être l'objet d'enchères extrêmement serrées entre le Metropolitan Museum, la Fondation Leichenhalle et l'Art Institute de Chicago qui finit par l'emporter).

165 000 $: Frans Hals : *Portrait de Juste van Ostrack et de ses six enfants* (ancienne collection du duc de Marlborough. Acheté par le marchand Treven Stewart pour le compte d'un amateur new-yorkais dont on sut seulement qu'il était un descendant de la famille).

181 275 $: Jan Vermeer de Delft : *Le Billet dérobé* (acheté par la Fondation Edgar A. Perry, de Baltimore).

Quelques années plus tard, les directeurs des organismes publics et privés qui s'étaient portés acquéreurs des tableaux de la deuxième Vente Raffke reçurent une lettre signée de Humbert Raffke, les informant que la plupart des œuvres qu'ils avaient achetées étaient fausses et qu'il en était l'auteur.

En 1887, alors que son oncle se trouvait en Europe, Humbert, alors étudiant à l'Ecole des Beaux-Arts de Boston, avait fait visiter la collection à un de ses professeurs qui, après un bref examen des tableaux que le brasseur avait réunis lors de ses trois premiers voyages, lui avait appris qu'ils étaient faux ou sans valeur.

Mis au courant dès son retour, Hermann Raffke avait décidé de se venger.

Avec l'aide de ses enfants, de son neveu qui révéla à cette occasion ses prodigieux talents de pasticheur, et de quelques comparses et complices, dont Lester Nowak et Frantz Ingehalt, il avait mis sur pied l'opération qui devait lui permettre, des années plus tard et même après sa mort, de mystifier à son tour les collectionneurs, les experts et les marchands de tableaux. Ses huit derniers voyages en Europe avaient été presque entièrement consacrés à rassembler ou à forger les preuves qui accréditeraient l'authenticité des œuvres dont, pendant ce temps, Humbert Raffke, alias Heinrich Kürz, assurait l'exécution. La clef de voûte de cette patiente mise en scène, dont chaque étape avait été très exactement calculée, avait été la réalisation du *Cabinet d'amateur*, où les tableaux de la collection, affichés comme copies, comme pastiches, comme répliques, auraient tout naturellement l'air d'être les copies, les pastiches, les répliques, de tableaux *réels.* Le reste était affaire de faussaire, c'est-à-dire de vieux panneaux et de vieilles toiles, de copies d'atelier, d'œuvres mineures habilement maquillées, de pigments, d'enduits, de craquelures.

Des vérifications entreprises avec diligence ne tardèrent pas à démontrer qu'en effet la plupart des tableaux de la collection Raffke étaient faux, comme sont faux la plupart des détails de ce récit fictif, conçu pour le seul plaisir, et le seul frisson, du faire-semblant.

Dans Le Livre de Poche

Extrait du catalogue

Saul Bellow

L'Hiver du Doyen 6643

Albert Corde, doyen d'une université de Chicago, et sa femme Minna, astrophysicienne de réputation internationale, Roumaine passée à l'Ouest, se trouvent bloqués en hiver à Bucarest où la mère de Minna, médecin-psychiatre, ex-ministre de la Santé, se meurt à l'hôpital...

En juxtaposant Bucarest, sinistre, oppressante, et Chicago, violente et décadente, Bellow met en lumière les deux pôles entre lesquels oscille le monde moderne : la bureaucratie barbare d'un Etat policier et l'anarchie d'une « société de plaisir », qui ne supporte pas de reconnaître les monstruosités qui la gangrènent.

Mais comme toujours dans les romans de Bellow, prix Nobel de littérature, les tribulations du héros, à la fois angoissantes et comiques, sont traitées avec cet humour qui souligne la relativité des choses.

Gabriel Garcia Marquez

L'Aventure de Miguel Littín

clandestin au Chili 6550

Miguel Littín est chilien et metteur en scène de cinéma. Il fait partie des 5 000 Chiliens qui sont interdits de séjour dans leur pays. Au début de l'année 1985, pourtant, Miguel Littín est rentré clandestinement au Chili. Pendant six semaines, grâce à la résistance intérieure, il a réussi à diriger trois équipes de nationalités différentes pour filmer clandestinement, jusque dans le palais présidentiel, la réalité du pays sous la dictature militaire. Le résultat visible de cette aventure est un film de quatre heures pour la télévision et une version de deux heures pour les salles de cinéma.

Le résultat lisible est autre chose encore : l'aventure de Miguel Littín, c'est de retrouver son pays sans avoir le droit de s'y montrer autrement qu'en étranger; c'est aussi de confronter ses opinions d'exilé avec la réalité de la résistance d'aujourd'hui. C'est enfin de s'interroger sur la validité et sur l'utilité de la création dans une lutte politique. On comprend dès lors les raisons pour lesquelles Gabriel Garcia Marquez a tenu à écrire ce récit.

Arthur Miller

Au fil du temps

6620

Dans ce livre, et pour la première fois, l'illustre écrivain Arthur Miller, cet homme dont le destin résume à lui seul plus d'un demi-siècle de légende américaine, raconte sa vie, simplement, sans rien omettre. De l'Amérique du grand krach à la guerre d'Espagne, des théâtres à la littérature, du maccarthysme à Marilyn Monroe, Miller parle ici *au fil du temps.*

Une autobiographie qui comptera parmi les plus tumultueuses puisque l'on y croise Lucky Luciano et Elia Kazan, Clark Gable et John Huston, Steinbeck, Mailer, Malraux, Kennedy, Tennessee Williams et Reagan. Quant à Marilyn, elle est là, bien sûr, bouleversante de vérité sous le regard de celui qu'elle a aimé.

Luxun

Histoire d'AQ :

véridique biographie

biblio 3116

Traduction et présentation inédites de Michelle Loi

Il est lâche, il est pleutre, fanfaron et misérable. Son existence n'aura été qu'une suite ininterrompue de péripéties médiocres, de coups reçus et de rêves avortés. Sa mort elle-même aura l'allure d'une méprise inutile.

Avec *Histoire d'AQ : véridique biographie,* Luxun a donné à la littérature chinoise son personnage emblématique : à la fois Tartarin, Guignol et Gribouille. Un échantillon douloureux d'une certaine Chine.

IMPRIMÉ EN FRANCE PAR BRODARD ET TAUPIN
Usine de La Flèche (Sarthe).
LIBRAIRIE GÉNÉRALE FRANÇAISE - 6, rue Pierre-Sarrazin - 75006 Paris.

ISBN : 2 - 253 - 05059 - 8   ◈ 30/6654/5